Fritz Peter Heßberger

Courasche

Der Autor:

Fritz Peter Heßberger, Jahrgang 1952, geboren in Großwelzheim, heute Karlstein am Main, studierte Physik an der Technischen Hochschule Darmstadt; 1985 Promotion zum Dr. rer. nat.; von 1979 bis zum Eintritt in den Ruhestand 2018 als wissenschaftlicher Angestellter in einer Großforschungsanlage tätig.

Wir sindt doch nuhmer gantz, ja mehr den gantz verhert !
Der frechen Völkerschaar, die rasende posaun,
das vom blutt fette schwerdt, die donnernden Chartaun,
hatt aller schweis und fleis und vorraht aufgezehrt.
Die türme stehn in glutt, die Kirche ist umbgekehrt.
Das Rathaus liegt im graus, die starken sind zerhawn.
Die Jungfrawn sind geschändt und wo wir hin nur schawn
ist fewer, pest und todt der herz und geist durchfehret.

(aus 'Threnen des Vatterlandes', Andreas Gryphius, 1643)

Bibliographische Information der Deutschen Nationalbibliothek:

Die Deutsche Nationalbibliothek verzeichnet diese Publikation in der Deutschen Nationalbibliographie; detaillierte bibliographische Daten sind im Internet über http://dnb.d-nb.de abrufbar

© 2019 Fritz Peter Heßberger
Herstellung und Verlag
BoD – Books on Demand, Norderstedt

ISBN 978-3-7504-2165-3

Inhalt

5

Kapitel 1: Wie der Reichsgraf von Lichterau nach Frankfurt kam und die Courasche vor dem Galgen rettete

Am Tag nach der siegreichen Schlacht bei Hanau gegen die Armee der Katholischen Liga erreichte das Heer der Protestantischen Union gegen Abend die Freie Reichsstadt Frankfurt. Die Kämpfe hatten auch den Protestanten hohe Verluste an Toten und Schwerverletzten beschert und ihr Befehlshaber, der Reichsgraf Peter von Lichterau, ging davon aus, daß Letzteren nahe der großen Reichsstadt eine bessere Pflege zuteil werden würde als in Hanau. Während die Soldaten und der Troß ihre Zelte vor den Toren aufschlugen, nahmen der Reichsgraf und die hohen Offiziere, zusammen mit ihren Dienern und Leibwachen Quartier in der Stadt.

Am darauffolgenden Vormittag brach der Reichsgraf, begleitet von einem Leutnant und zwei Dienern, in Richtung Rathaus auf um dem Bürgermeister seine Aufwartung zu machen. Unterwegs gewahrten sie, daß am Mainufer fünf Galgen errichtet wurden.

„Was hat das zu bedeuten ?" rief Peter von Lichterau dem Meister der Zimmerleute zu.

„Für heute nachmittag ist eine öffentliche Hinrichtung angesetzt, Herr. Drei marodierende Soldaten der geschlagenen kaiserlich - katholischen Armee überfielen gestern abend einen Bauernhof unweit Frankfurts und ermordeten die Bewohner. Aber bereits eine Stunde nach der Untat wurden sie von Soldaten der Stadtwache gefaßt. Und dann hängen sie noch einen berüchtigten Räuber, sowie ein liederliches Weib, eine diebische Hexe und Hure", lautete die Antwort, „Ihr könnt sie sehen, wenn Ihr wollt. Sie stehen, dem Spott des Volkes preisgegeben, auf dem Römerberg am Pranger bis sie zum Richtplatz geführt werden."

Der Reichsgraf und seine Begleiter liefen weiter. Auf dem Römerberg, dem Platz vor dem Rathaus, hatte sich eine große Anzahl von Menschen versammelt. Peter bahnte sich einen Weg durch die Menge, erblickte dann fünf an Pfähle gebundene Menschen, welche von dem Volk verhöhnt und mit Kot beworfen wurden. Die Frau hatte man nackt ausgezogen. Sie war hübsch und wohlgestaltet, hatte langes, braunes Haar. Sie mochte etwa dreißig Jahre alt sein. Was konnte sie verbrochen haben, das so schlimm war, daß man sie hinzurichten beabsichtigte ?

„Seid willkommen, Reichsgraf. Euer Ruhm eilt Euch voraus !" begrüßte der Bürgermeister, Horst von Stecken, seinen Gast freudestrahlend, „ich gestehe allerdings, daß ich nicht an Euren Sieg glaubte. Das kaiserlich – katholische Heer war doppelt so stark wie das Eure. Und der Befehlshaber, Ludwig von Straubing, gilt als hervorragender Generalissimus. Ich fürchtete um meine Stadt, denn ich war gewiß, die Kaiserlichen würden sie brandschatzen. Denn wir sind protestantisch wie Ihr wißt."

„Diese Sorge muß Euch jetzt nicht mehr drücken, denn ich bin mir gewiß, daß dieser Sieg der endgültige ist und den seit sechzehn Jahren im Reich wütenden Religionskrieg beenden wird. Es ist nun Zeit Verhandlungen zu einem Friedensschluß aufzunehmen."

„Da habt Ihr recht, Reichsgraf, die deutschen Länder sind verwüstet, unzählige Dörfer und Städte sanken in Trümmer, die Bewohner erschlagen oder von Krankheiten dahingerafft. Gewerbe und Handel liegen darnieder, überall herrscht Elend, die Pest wütet, Hungersnöte drohen, denn viele Bauern säen nicht mehr, da sie nicht wissen, ob sie je ernten werden. Das Reich wird sterben, wenn das Morden nicht bald ein Ende nimmt."

„Das sehe ich auch so. Daher habe ich gleich nach der Schlacht einen Brief an Herzog Albrecht von Sachsen-Merseburg, dem Führer der Protestantischen Union, geschrieben."

„Oh, jetzt haben wir zur Begrüßung lange geschwatzt", entschuldigte sich der Bürgermeister nun, „und ich habe Euch nicht einmal einen Willkommenstrunk angeboten. Möchtet Ihr Wein ? Wir haben da eine ganz besondere Sorte. Er wird nicht aus Trauben, sondern aus Äpfeln gekeltert."

„Ja, bitte, ich habe von diesem Getränk zwar schon gehört, es aber noch nie genossen."

Der Bürgermeister verließ den Raum, kehrte wenig später mit einem Krug und zwei Bechern zurück, schenkte ein.

„Ihr sagtet, das Morden müsse aufhören", setzte Peter von Lichterau jetzt das Gespräch fort, „ich sah allerdings unterwegs, daß eine große öffentliche Hinrichtung vorbereitet wird. Auch eine Frau ist darunter. Was hat sie verbrochen ?"

„Ach, sie ist nicht nur eine Diebin, sondern auch eine Hure und Hexe, obendrein auch katholisch wie es scheint. Sie hat den Tod verdient."

9

„Und was ist ihr Verbrechen ?"

„Sie verhexte einen unserer Ratsherren, Dietrich von Ackenfeld, einen sehr angesehenen Bürger der Stadt, um ihn zu ehebrecherischem Beischlaf zu verführen."

Der Reichsgraf runzelte die Stirn.

„Verhext ? Herr Bürgermeister, Ihr glaubt doch nicht wirklich an solch einen Unsinn. Hexen ? Glaubt Ihr im Ernst daran ? Hexen sind doch nur eine Erfindung der Katholischen um mißliebige Frauen zu verderben."

„Da muß ich Euch widersprechen. Nicht nur die Katholischen, auch die meisten Protestanten sind davon überzeugt, daß es Hexen, Bräute des Satans gibt, welche den Christenmenschen Schaden zufügen und sie der ewigen Verdammnis zuführen wollen. Es gibt natürlich einige Freigeister, welche das abstreiten. Gehört Ihr etwa zu jenen ?"

Der Reichsgraf lächelte.

„Glaubt Ihr wirklich, daß Gott Hexen erschaffen hat ? Ich habe die Frau nur kurz gesehen. Sie besitzt ein hübsches Gesicht, einen wohlgeformten Körper. Wenn Gott den Menschen einst nach seinem Bilde erschuf, dann ist sie unbedingt ein Geschöpf Gottes."

„Versündigt Euch nicht, Reichsgraf. Denkt an ihre Seele ! Sie ist verdorben, nicht ihr Körper !"

„Gott hat den Menschen die Seele eingehaucht. Glaubt Ihr etwa Gott habe einen Hexenatem ?"

„Nein", der Bürgermeister wurde verlegen, „Gott gibt eine reine Seele. Aber der Teufel hat sie verführt."

Peter von Lichterau grinste.

„Etwa in Gestalt eines Ratsherren ?"

Der Bürgermeister blickte den Reichsgrafen irritiert an.

„Wie meint Ihr das ?"

„Nun, verhext hat sie ihn nicht, höchsten verzaubert."

„Ist das nicht das Gleiche ?"

Der Reichsgraf schüttelte den Kopf.

„Keineswegs. Ihre Schönheit und ihre Gestalt hat die Begierde des Ratsherren geweckt. Und sein Wunsch entsprach ihren Bedürfnissen, gegen eine kleine Bezahlung allerdings, vermute ich. Wißt Ihr wie Soldaten reagieren, wenn sie nach tagelangem Marsch in ein Städtchen kommen und dort hübsche Jungfern erblicken ? Dann überfällt sie ein triebhaftes Begehren und man muß alle Strenge walten lassen, damit sie sich nicht auf die Frauen stürzen wie ein Rüde auf eine läufige Hündin. Nein, nein, dazu braucht man keine Hexenkünste. Das ist menschliche Leidenschaft. Und der Hurer ist nicht besser als die Hure ! Wird man den Ratsherren auch hängen ? Ich habe nur fünf Galgen gesehen."

„Nein, ihm wurde lediglich eine Geldbuße auferlegt, weil er der List des Satans nicht widerstanden hat."

„Dann laßt die Frau auch nicht hängen. Oder wollt Ihr Euer Gewissen mit einem Mord belasten ?"

„Das Gericht hat sie für schuldig befunden."

„Gerichte der Menschen ! Das einzig wahre Gericht hält Jesus Christus, unser Herr, am Jüngsten Tag ! Wie wird er dann über Eure Tat urteilen ? Sagte er nicht als sie eine Sünderin steinigen wollten 'wer frei von Schuld ist, der werfe den ersten Stein' ? Werft den Stein, Herr Bürgermeister, ich bin mir allerdings sicher, er wird zurückkehren, Euch treffen und in die ewige Verdammnis stoßen."

Horst von Stecken erbleichte, überlegte kurz.

„Euch scheint an dieser Frau viel gelegen zu sein. Aber wißt Ihr auch, wer sie ist ? Man nennt sie Courasche ! Eine Landstörzerin, Erzbetrügerin, Diebin, Hure, ein verkommenes Luder, das seit vielen Jahren im Troß der Heere mitzieht um ihr sündiges Geschäft zu betreiben. Niemand kann sie mehr vor der Hölle bewahren. Und eine Katholische ist sie obendrein."

Der Reichsgraf antwortete lakonisch.

„Ich habe von ihr gehört. Und es steht in Eurer Macht sie zu begnadigen. Ich löse sie auch aus, falls dies erforderlich ist. Wie viel verlangt Ihr ?"

Der Bürgermeister zog die Stirn kraus.

„Hundert Reichstaler ! Ihr Besitz fällt aber an Stadt und Kirche."

„Hexen- und Hurengeld ! Sündentaler ! Das wird Euch nicht zum Guten gereichen, sondern der Stadt Unglück bringen."

Der Bürgermeister schluckte.

„Gegen Euch konnte die katholische Armee nicht bestehen. Wie kann ich es als Bürgermeister ? Wir begnügen uns mit einem Drittel, zur Deckung unserer Unkosten."

„Gut, ich gebe Euch auch hundertzwanzig Reichstaler, wenn ich sie gleich mitnehmen kann."

„Traut Ihr mir etwa nicht ? Glaubt Ihr, ich werde meine Meinung ändern ?"

11

Peter von Lichterau lächelte.

„Also einhundertzwanzig und sofort. Stellt die Begnadigungsurkunde und die Verfügung zur Freigabe ihres restlichen Vermögens aus. Ich werde so lange warten. Ihr müßt ja keinen Roman schreiben. Ein paar Sätze genügen."

„Gut, Reichsgraf, die Zeit am Pranger möge für sie Strafe genug sein."

Der Bürgermeister verließ den Raum, unzufrieden mit sich selbst. Wie sollte er die Begnadigung vor den Ratsherren rechtfertigen, da er sich doch so heftig für das Todesurteil eingesetzt hatte um eigene Verfehlungen gegenüber diesem Weib zu vertuschen. Doch fehlte ihm der Mut sich dem Reichsgrafen zu widersetzen.

Peter von Lichterau begann nachzudenken. Die Courasche also ? Das verrufene Rabenaas, das Luder ! Man belegte sie mit tausend häßlichen Beinamen. Trotz allem, sie mußte eine ungewöhnliche Frau sein. Ein Wesen, in dem sich alle Abgründe des menschlichen Daseins vereinten. Denn sie galt auch als gebildet und man munkelte sogar sie sei von hoher Geburt.

Eine knappe halbe Stunde später überreichte ein Lakai die Dokumente.

Der Reichsgraf und seine Begleiter verließen das Rathaus. Peter schickte den Leutnant zu dem Stadtgardisten, welcher die am Pranger angebunden Menschen bewachte. Der blickte das Dokument scheel an, da er nicht lesen konnte. Er kannte allerdings das Siegel des Bürgermeisters. Der Leutnant erklärte was da geschrieben stand. Der Stadtgardist mochte das nicht so recht glauben, rief einen in der Nähe stehenden Ratsschreiber herbei, den er kannte. Dieser bestätigte die Worte des Leutnants. Der Wächter band daraufhin das Weib los, warf ihr noch ein Kleidungsstück zu. Einer der Diener eilte nun herbei, befahl der Courasche ihm zu folgen. Sie marschierten dann zu dem Quartier, einem großen, mit allen Bequemlichkeiten ausgestatteten Gasthof.

„Sie soll erst einmal ein gründliches Bad nehmen", ordnete Peter von Lichterau an, „besorgt ihr inzwischen ordentliche Kleider. Und schickt sie dann zu mir, wenn sie wie eine Edelfrau aussieht."

12

Kapitel 2: Wie der Reichsgraf von Lichterau versuchte die Courasche zu bewegen ihr liederliches Leben aufzugeben

Am frühen Nachmittag, etwa drei Stunden nach der Rückkehr aus dem Rathaus, saß der Reichsgraf in dem Raum, den er sich zum Arbeitszimmer erkoren hatte und studierte Papiere. Es klopfte an der Tür, ein Diener führte die Frau herein.

„Verzeiht, Reichsgraf. daß ich Euch störe, aber Ihr hattet befohlen, die Courasche zu Euch zu bringen, sobald sie wie eine Edelfrau aussieht. Hier ist sie nun. Wir haben uns alle Mühe mit dem Weib gegeben. Ich hoffe, Ihr seid zufrieden."

Peter von Lichterau blickte den Diener unwirsch an. Ihm war der spöttische Unterton in seiner Stimme nicht entgangen. So durfte sich ein Untergebener ihm gegenüber nicht benehmen.

„Pack dich auf der Stelle", fuhr er ihn an, „oder ich lasse dir zehn Stockhiebe aufzählen!"

Der Mann erschrak, entfernte sich eilends.

Die Courasche blickte den Reichsgrafen ängstlich an. Ein äußerst strenger Herr ! Was erwartete sie ? Zu ihrem Erstaunen hellte sich die Miene des Mannes sofort auf.

„Verzeiht die Bekundung meines Ärgers. Dieses Pack wird nur allzu leicht frech und unverschämt. Das macht der lange Krieg. Durch ihn verrohen die Menschen, sie werden stumpf, fallen in die Barbarei zurück. Sie verlieren jeden Respekt, wissen nicht mehr wie sie sich ihres Standes gemäß aufzuführen haben. Tausend Jahre kultureller Entwicklung liegen nun im Kot der Straßen. Einst blühten im Reich Bildung und Wissenschaft, der Handel, das Handwerk. Und heute ? Raub, Mord, Plünderung und Vergewaltigung aller Orten. Selbst der Adel ist davon verseucht ! Die Ritter von einst achteten die Ehre der Frauen, schützten Witwen und Waisen, metzelten keine Kinder nieder. Doch was sind unsere Landsknechte ? Nichts anderes als eine viehische Soldateska ! Ein Mann von Ehre muß sich schämen ihr Anführer zu sein."

Die Courasche verzog leicht das Gesicht. Der Reichsgraf bemerkte das. Er lächelte.

„Ihr glaubt mir nicht so recht. Nun, Ihr seid offenbar eine kluge Frau, laßt Euch keinen Bären aufbinden, nehmt nicht alles für bare Münze, was man Euch erzählt. Ihr habt recht. Auch unter den Rittern gab es genügend Männer, die ihrem Stand Schande bereiteten, die raubten, mordeten und notzüchtigten. Und von ihren Mannen will ich gar nicht reden. Aber glaubt mir, solch schlimme Zustände wie in diesem Krieg gab es damals nicht. Da bin ich mir sicher. Aber ich habe Euch nicht zu mir bestellt um mit Euch darüber zu disputieren, zumindest nicht heute. Vielleicht später einmal."

Er pausierte kurz.

„Aber in diesem Ton hatte er nicht über Euch zu sprechen. Ihr seid mein Gast. Und ich dulde es nicht, daß ein Diener meine Gäste beleidigt."

„In welchem Ton sollte er denn über mich sprechen, über eine Betrügerin, eine Diebin, eine Hure, die noch vor vier Stunden am Schandpfahl stand und von Euch vom Galgen freigekauft wurde ?" dachte sie und begann dann zu sprechen.

„Ich wünsche Euch einen gesegneten Tag. Und ich danke Euch von ganzem Herzen für die Errettung vom Galgen. Womit habe ich diese Gnade verdient ? Möge Gott Euch auf allen Wegen beschützen."

Sie fiel vor dem Mann auf die Knie.

„Erlaubt Ihr mir Eure Füße zu küssen ?"

„Nein", lachte der Reichsgraf, „das ist nicht notwendig. Ich müßte ja hierfür meine Stiefel und meine Strümpfe ausziehen. Steht wieder auf und setzt Euch dann in den Sessel hier. Ich denke, unsere Unterhaltung wird sich länger hinziehen. Ich hoffe, die Diener haben Euch etwas zu essen gegeben."

„Ja, Herr."

„Gut. Möchtet Ihr Wein ?"

Die Courasche zögerte.

„Ihr braucht Euch nicht zu zieren."

„Ja, bitte, Herr."

Auf dem Schreibtisch standen ein Krug und zwei Becher. Der Reichsgraf goß ein, hielt dann den einen der Frau hin. Diese erhob sich, nahm ihn, kehrte zu ihrem Sessel zurück, setzte sich wieder.

Peter blickte sie schweigend einige Zeit intensiv an, prüfend, wie sie meinte.

„Worauf will er hinaus ?" fragte sie sich, „redet mich an und behandelt mich wie eine Edelfrau. Weiß er nicht wer ich bin ? Sicher weiß er es. Er

14

handelte doch zweifelsohne mit dem Bürgermeister meinen Freikauf aus."

„Wie verändert sie aussieht !" dachte Peter.

Eine schlanke, große Gestalt, gehüllt in ein zwar nicht kostbares, aber dennoch prächtig wirkendes Kleid; ein hübsches Gesicht, blaue, klare Augen, eine kleine Nase, etwas hervorstehende Backenknochen, ein wohlgeformter Mund, schmale Lippen. Unterhalb des Kinns entdeckte er eine kleine Narbe. Ihr braunes, langes Haar hatte sie hinter dem Kopf zusammengebunden; glatt und glänzend wie Seide sah es aus, nicht mehr fettig und strähnig wie am Pranger. Ihr Gesicht wirkte noch etwas gramvoll, auch eine Spur von Ängstlichkeit bemerkte er. Das erschien ihm aber nicht verwunderlich nach all den Demütigungen, die sie hatte erleiden müssen. Dennoch entdeckte er ein Anzeichen eines kecken Lächeln in ihrem Antlitz, welches ihm gefiel.

„Das Auge ist das Licht des Leibes. Wenn dein Auge lauter ist, so wird dein ganzer Leib licht sein", sagte er zu sich selbst, „das predigte einst Jesus. Wenn er nicht log, und warum sollte er lügen, muß sie ein reines Herz haben. Und sie soll die verrufene Courasche sein ? Was für ein Wesen sitzt da vor mir ?"

Er atmete tief durch.

„Man nennt Euch Courasche. Aber das ist doch nicht Euer richtiger Name. Wer seid Ihr ?"

„Mein Name ist Veronica. Meine Herkunft ist unklar. Meine Kostfrau, die mich aufzog, erwähnte einmal, ich sei die illegitime Tochter eines Grafen. Seinen Namen erwähnte sie nicht. Ich halte das aber nicht für ausgeschlossen, denn mein Vater zahlte all die Jahre stets genügend Geld an sie. Und er ließ mir auch eine gute Erziehung zukommen. Ich besuchte eine Schule, lernte nicht nur Lesen und Schreiben, sondern wurde auch in der deutschen und der lateinischen Sprache, in der Mathematik, der Astronomie, den Naturwissenschaften, der Philosophie und leider auch in der Theologie unterrichtet."

„In der deutschen Sprache unterrichtet ? So stammt Ihr nicht aus dem Reich ?"

„Doch schon, Herr. Ich bin allerdings in Prachatitz in Böhmen aufgewachsen,"

„In Prachatitz !"

Der Reichsgraf lachte.

„So werdet Ihr nun nicht mehr Courasche, sondern Veronica von Prachatitz heißen ! Oder gefällt Euch dieser Name nicht ?"

„Doch schon", erwiderte Veronica, „aber ein neuer Name macht noch lange keinen neuen Menschen aus mir. Ich bin einmal die, die ich bin, die Courasche."

Sie nahm einen Schluck Wein, fuhr dann fort.

„Verzeiht mir die Frage, Herr. Warum habt Ihr mich vom Galgen losgekauft ? Ich wurde doch nach dem Gesetz verurteilt."

„Es ist nicht meine Aufgabe Euch zu richten, es ist auch nicht die Aufgabe anderer Menschen. Es steht geschrieben, 'richtet nicht, auf daß ihr nicht selbst gerichtet werdet'. Das sollte alleine Gottes Angelegenheit sein. Ob er Euch wegen Eurer Taten richten wird, das weiß ich nicht. Ihr seid noch jung und habt es in der Hand, euer Leben fernerhin so zu gestalten, daß Ihr am Jüngsten Tag vor Gottes Angesicht treten könnt ohne Euch zu schämen. Denn das Gewissen ist die Stimme Gottes in uns. Aber ich will jetzt nicht theologisieren. Es gab noch einen ganz anderen Grund. Eine Hure hinzurichten, dem Hurer aber nur eine kleine Geldbuße aufzuerlegen, das ist nicht rechtens. Beide sind von der gleichen Art und müssen daher gleich behandelt werden. Es ist nicht Gottes Wille eine Frau zu einer Hexe zu erklären, die einen Mann verhexte, nur weil der auf ihren Leib gierig war. Ich sehe das als eine Versündigung an Gott an. Er hat den Menschen die Triebe gegeben, sie aber auch ermahnt, diese zu beherrschen. Und wenn beide das nicht tun, warum sollte man dann den einen töten, den anderen aber nicht ?"

„Der Grund hierfür ist doch sehr einfach. Es heißt ja bereits in der Bibel, schon ganz am Anfang, die Frau sei dem Manne untertan. Und das schlägt sich in unseren Gesetzen nieder. Männern ist vieles erlaubt, was Frauen nicht erlaubt ist und es heißt, dies sei Gottes Wille. Das ist aber eine Lüge, man versucht damit doch nur, die Herrschaft der Männer zu rechtfertigen, welche durch keine vernünftigen Argumente begründet werden kann. Denn warum verführte die Schlange das Weib und nicht denn Mann ? Doch nur um die Unterwerfung unter den Mann als Strafe hierfür zu rechtfertigen ! Und wenn eine Frau sich dagegen auflehnt, dann brandmarkt man sie sehr schnell als Hexe."

Der Reichsgraf wunderte sich über dieses Weib, welches den Körper einer Göttin, die Gesinnung einer Hure und den Geist eines Gelehrten besaß.

16

„Ich denke", sagte er schließlich, „ich muß unseren Disput für heute beenden, da ich noch wichtige Angelegenheiten zu erledigen habe. Ich werde Euch eine Dienerin schicken, die alle Eure Wünsche erfüllt. Morgen werde ich Euch erneut zu mir rufen. Bis dahin wünsche ich Euch einen angenehmen Abend und eine gute Nacht."

„Vielen Dank, Herr!"

Sie wandte sich zum Gehen.

„Ach, noch eines bevor Ihr Euch zurückzieht. Eure Vermögen könnt Ihr Euch morgen beim Stadtgericht gegen Vorlage der Strafurkunde abholen. Als Buße wurde Euch der Einzug eines Drittels Eures Besitzes auferlegt. Das meiste ist also gerettet. Ich werde Euch allerdings meinen Leutnant mitgeben. Man kann diesen Herren nicht trauen. Kommt Ihr alleine, so werden sie vielleicht unter Angabe fadenscheiniger Vorwände die Herausgabe Eures Hab und Guts verweigern."

„Danke, Herr, das ist sehr großzügig."

Sie entfernte sich.

Peter von Lichterau blieb nachdenklich zurück. Zweifelsohne handelte es sich um eine ungewöhnliche Person. Daß sie gräflicher Abstammung sein mußte, das stand für ihn außer Frage. Keine Tochter eines Bauern oder eines Handwerkers besaß solch eine hohe Bildung. Doch die Wirren des Krieges hatten sie in Bahnen gelenkt, die sie schließlich einem Stand zuführten, den man als unehrliche Leute bezeichnete. Ein solches Leben konnte nur im Verderben enden. Vielleicht war sie noch zu retten.

Auch Veronica dachte nach.

„Welch ein Tag! Heute morgen drohte mir der Galgen, der Tod war mir gewiß. Und nun liege ich auf einem weichen Bett, in einem mit allen Bequemlichkeiten ausgestatteten Zimmer, umsorgt von einer Dienerin. Welch ein Wandel! Der Reichsgraf hat zweifelsohne Gefallen an mir gefunden und möchte sicher sein Mütchen an mir kühlen. Ich werde es ihm nicht verweigern. Warum sollte ich? Er ist ein hübscher, wohl-gestalteter Mann, der sicher auch meine Begierde stillen wird. Ich frage mich bloß, warum er nicht gleich zur Sache gekommen ist. Aber was soll's. Es stehen mir ein paar gute Tage bevor, ich werde sie genießen. Und dann werde ich weiterziehen. Heiraten wird er mich ohnehin nicht, vielleicht besitzt er auch bereits ein Weib. Und wenn nicht, dann findet er mit Leichtigkeit etwas Besseres. Eine Courasche als Reichsgräfin? Das erscheint unmöglich, stellt die Ordnung der Welt auf den Kopf."

17

Kapitel 3: Wie die Courasche dem Reichsgrafen erzählte, warum ihr der Galgen drohte und was sie von Tugendhaftigkeit hält

Am späten Vormittag des nächsten Tages teilte die Dienerin ihr mit, daß der Reichsgraf sie erwarte.

„Ihr sagtet gestern, Ihr seid in Eurer Jugend leider auch in der Theologie unterrichtet worden", begann Peter von Lichterau, nachdem sie sein Arbeitszimmer betreten und Platz genommen hatte, „warum leider ?"

„Nun ja, ich lernte da nur nutzlose Sachen, was angeblich christlich ist. Doch dann drangen die Soldaten in unsere Stadt ein, allesamt Christen. Ihr Verhalten zeigte jedoch keine Spur von Christentum. Hat Jesus etwa gelehrt seine Feinde zu ermorden oder Frauen zu mißbrauchen ? Nein ! Als die Soldaten in Prachatitz wüteten, erkannte ich, daß fast alles, was ich in meinem Leben bisher gelernt hatte, nun nutzlos war und ich jetzt eine völlig andere Schule besuchen mußte, wenn ich nicht untergehen wollte. Warum sollte ich keusch sein, wenn Gott es zuließ, daß Jungfrauen ihre Keuschheit gewaltsam geraubt wurde ?"

„Ihr wurdet von der Soldateska mißbraucht, als halbes Kind ?"

„Nein ich hatte Glück. Meine Kostfrau verkleidete mich als Jungen und ein Rittmeister nahm mich dann als Burschen bis ich nicht mehr verbergen konnte, daß ich eine Frau war. Er machte mich zu seiner Mätresse, heiratete mich sogar, auf seinem Totenbett in Preßburg. Ich zog dann nach Wien, lebte dort einige Zeit ehrbar, doch dann flammte die Leidenschaft immer stärker in mir auf. Daher traf es sich gut, daß die Männer mich umschwärmten und ich gewährte ihnen gegen großzügige Geschenke meine Gunst."

„Ihr habt Euch aus eigenem Antrieb verkauft ?"

„Was heißt mich verkauft ? Wäre das Treiben weniger sündhaft gewesen wenn ich keine Geschenke genommen hätte ? Die Herren wollten ihre Lust befriedigen und kamen damit meinem Begehren entgegen. Ich hatte das Spiel bei meinem Rittmeister kennengelernt und soviel Gefallen daran gefunden, daß ich es nicht mehr lassen mochte. Ich hielt es für eine Gabe Gottes und sollte ich Gottes Gaben verachten ?"

„Das sagt Ihr so einfach daher. Aber Ihr müßt Euch eingestehen, daß Euch Euer Treiben fast an den Galgen gebracht hätte."

„Der Augenschein spricht dafür, aber das ist nicht die Wahrheit. Sie haben einen Grund gesucht um ein Exempel zu statuieren. Zum Tode verurteilt wurde ich nicht wegen Hurerei sondern wegen Hexerei. Was war denn geschehen? In einer lauen Nacht zog mich dieser Ratsherr in einen öffentlichen Garten, legte mich ins Gras. Ich zierte mich, sagte, wir sollten zu mir nach Hause gehen, es nicht hier tun, wo wir entdeckt werden könnten. Doch er sagte, es sei ihm ein unbändiges Verlangen es hier hinter einem Busch zu tun, versprach mir doppelten Lohn. Unglücklicherweise zechten ein paar Burschen in der Nähe und, angelockt von unserem Lustgestöhne, kamen sie herbei. Im Scheine ihrer Laterne erkannten sie meinen Freier. 'Ei, Herr Geheimrat', rief einer von ihnen, 'überkam Euch trotz Eures Alters die Begierde so heftig in dieser lauen Nacht, daß Ihr nicht die Zeit fandet ein bequemes Bett aufzusuchen?' Und am nächsten Tag war die Untat Stadtgespräch. War ich denn schuldiger als dieser Ehrenmann?"

„Nein, deswegen habe ich Euch auch vom Galgen losgekauft. Euch hinzurichten wäre Mord gewesen. Das habe ich dem Bürgermeister auch so gesagt."

„Verdammt mich daher auch nicht wegen meiner Triebhaftigkeit. Warum verlangt man von Frauen sittsam zu sein, verachtet sie, wenn sie es nicht sind. Und Männern sieht man das nach. Ohne Hurer gäbe es keine Huren. Beide bedingen einander. Warum verurteilt man dann die einen und nicht die anderen? Mich band man an den Schandpfahl, wollte mich hängen, während mein Freier, dieser vornehme Ratsherr, dagegen nur eine geringe Geldbuße entrichten mußte. Und mich verurteilten sie als Hexe, nur deshalb um dessen Vergehen zu beschönigen."

„Er ist eben ein großer Herr und Ihr seid ein Nichts", erwiderte Peter, „er hat nichts anderes getan als das, was andere auch tun. Sein Vergehen bestand lediglich darin, daß es bei ihm ruchbar, Stadtgespräch wurde."

„Ja, das ist eine seltsame Justiz. Die Tat ist ein Verbrechen. Strafbar ist letztlich nur ihr Bekanntwerden."

„So ist das eben, ein Dieb wird ja auch nur bestraft, wenn er erwischt wird."

„Nein, das ist nicht das Gleiche. Wird ein Diebstahl begangen, so forscht man nach dem Dieb. Wird eine Hurerei begangen, so forscht man nicht nach dem Hurer. Bestraft wird er nur, wenn die Hurerei zufällig bekannt wird."

„Ich weiß", entgegnete der Reichsgraf nun, „die Kirche hat ihre

Moralregeln aufgestellt und die Obrigkeit muß nun ihre Einhaltung garantieren."

„Ja, es geht aber nicht nur um die Moral, sondern um das gesamte Leben der Menschen, um alle Erscheinungen in der Natur, im Himmel wie auf der Erde. Die Kirche legt fest, was richtig und wahr ist, und wer ihr widerspricht ist ein Ketzer, ein Verbrecher. Vor einiger Zeit fiel mir eine Schrift eines Gelehrten in die Hand, eines Italieners namens Galileo Galilei, in welcher er die Lehre des Kopernikus hinsichtlich des Aufbaus der Welt vertritt, was natürlich der Lehre der Kirche widerspricht, nach welcher die Erde den Mittelpunkt der Welt bildet, um den sich Sonne, Mond, Planeten, Sterne, ja das gesamte Weltall dreht. Wie ich kürzlich vernahm, wurde er vor die Inquisition gezerrt, mußte widerrufen um der Hinrichtung auf dem Scheiterhaufen zu entgehen. Ihr seht, Ketzer oder Hexe, es spielt keine Rolle, aus welchen vorgeschobenen Gründen Menschen hingerichtet werden. In Wirklichkeit sind sie in beiden Fällen gleich. Man will unbequeme Menschen, welche selbständig denken, loswerden und den Mord an ihnen moralisch verbrämen."

„Nun", entgegnete Peter von Lichterau, „so blieb ihm wenigsten das Schicksal Giordano Brunos erspart, der einst lehrte, der Weltenraum sei unendlich und es gebe auf anderen Planeten unendlich viele Lebewesen, denn einer allmächtigen Gottheit kann nur ein unendliches Universum entsprechen."

„Seht Ihr, unter diesen Umständen findet man Freiheit doch nur, wenn man sich außerhalb der staatlichen Ordnung stellt!"

„Aber diese Freiheit ist geprägt von Willkür, Gewalt und Gesetzlosigkeit. Das habt Ihr doch selbst erlebt."

„Das ist richtig, man muß für alles einen Preis zahlen, wir leben nicht im Paradies."

Der Reichsgraf überlegte kurz.

„Ich will Euch keine Vorschriften machen, Ihr solltet aber wissen, daß Ihr im Kot der Straße enden werdet, wenn Ihr dieses Leben weiterführt; das Alter wird eine Zeit des Jammerns, des Elendes und der Heimatlosigkeit sein, denn Euer Vermögen wird bald aufgebraucht sein, wie auch Eure Schönheit und Eure Wohlgestalt vergehen wird. Ich kann Euch einen besseren Weg zeigen, aber Ihr müßt selbst entscheiden, ob Ihr ihn einschlagen wollt. Ich lasse Euch die Wahl. Ich weiß, Ihr habt nur Böses erlebt, seid dabei selbst böse geworden, nicht weil das Böse von

Eurer Seele Besitz nahm oder es bereits seit Eurer Geburt der bestimmende Teil Eures Wesens war, vielmehr seid Ihr böse geworden um dem Bösen zu widerstehen."

„Das ist richtig, aber was sollte ich tun ? Ein Mann kann Böses mit Gutem vergelten, wenn er stark ist, und das Böse überwindet. Dann ist er der Sieger und kann Milde walten lassen. Das wird ihm nicht als Schwäche ausgelegt. Eine Frau, die nach Gottes Willen dem Manne untertan ist, kann das nicht. Sie muß Böses ertragen, um so mehr, als sie versucht, Böses mit Gutem zu vergelten, also Güte zu zeigen. Das kann sie vielleicht, wenn ein Mann sie beschützt. Ist sie aber alleine, so wird ihr das als Schwäche ausgelegt und man wird versuchen, immer mehr von ihr zu fordern und zu nehmen, bis nichts mehr von ihr übrig bleibt. Wenn also das Böse sich austoben kann, weil das Gute es nicht in die Schranken weist, dann muß eine Frau selbst böse werden um nicht unterzugehen."

„Das ist alles richtig, aber Ihr solltet Euch entscheiden, ob Ihr Euch fernerhin von Eurer Courasche oder Eurem Kopf, Eurer Lustbegierde oder Eurem Verstand leiten lassen wollt. Euer Körper verblüht eher als Euer Geist. Ihr dürft nicht denken, daß ich falsche Vorstellungen von Euch habe. Euer zweifelhafter Ruf ist im ganzen Reich bekannt. Ihr seid eine Schacherin, eine Betrügerin, eine Diebin, Landstörzerin, eine Hure. Das ist sicher. Doch darin beschränken sich Eure Eigenschaften nicht. Es ist nicht nur Schlechtes an Euch. Ich meine jetzt nicht Eure Schönheit und Euren wohlgeformten Leib, welche Ihr trotz Eures unsäglichen Lebenswandels noch besitzt. Ihr seid auch tapfer, verfügt über Bildung, könnt lesen und schreiben, seid in der Mathematik und wie man sagt, sogar in der Philosophie bewandert und Eure Tüchtigkeit in Geldangelegenheiten und im Handel sind weit bekannt; manche nennen das schachern. Wenn Ihr diese Eigenschaften nicht zum Laster, sondern zu der Menschheit nützlichen Tätigkeiten verwendet, werdet ihr mir eine wertvolle Gehilfin werden. Verschwendet also nicht Eure guten Eigenschaften mit Hurerei und betrügerischen und abenteuerlichen Geschäften, welche Euch am Ende nichts einbringen als Spott, Neid und Verachtung, sondern nutzt sie um Eurem Leben einen geraden Weg zu geben, es muß ja kein gottesfürchtiger Weg sein, das verlange ich ja gar nicht von Euch. Es ist Euch nicht vorgezeichnet, daß Ihr beim Lumpenpack endet, den Galgenvögeln der Landstraße."

„Herr, so hat noch nie jemand mit mir gesprochen. Ich habe den Eindruck Ihr haltet mich für eine Heilige im Ludergewand. Wie kommt Ihr dazu ?"

„Jesus sagte einmal, wenn das Auge licht ist, dann ist auch der Körper licht. Und ich füge dem noch hinzu: wenn das Auge licht ist, dann ist auch die Seele licht. Und Eure Augen sind licht. Sie enthalten keine Spur von Verderbtheit. Ich täusche mich gewiß nicht. Kehrt also das Gute in Euch hervor. Noch ist Zeit."

Ein Klopfen an der Tür unterbrach das Gespräch.

Kapitel 4: Wie die Courasche den Großteil ihres Vermögens zurückerhielt und dem Reichsgrafen, der an einen Friedensschluß glaubte, die Fortsetzung des Krieges voraussagte

Der Leutnant erschien.

„Ihr habt mir befohlen, Frau Veronica zum Stadtgericht zu begleiten. Die näheren Umstände Eurer Anordnung sind mir allerdings unbekannt. Darf ich Euch höflichst fragen, worum es geht es, Reichsgraf?"

„Natürlich, Leutnant. Es betrifft den Vollzug des Beschlusses hinsichtlich ihrer Bestrafung."

Er zog ein Schriftstück hervor.

„Hier ist die Urkunde, Frau Veronica, welche die Rückgabe Eures Vermögens anordnet, soweit es nicht als Buße eingezogen wurde. Und Ihr, Herr Leutnant, Eure Aufgabe ist es den Vollzug zu überwachen. Es geht mir nicht darum", dies war natürlich eine Ausrede, „zu verhindern, daß Frau Veronica betrogen wird, vielmehr, daß man meine Autorität achtet. Ich habe das Abkommen mit dem Bürgermeister ausgehandelt und muß darauf bestehen, daß es genauestens befolgt wird. Versteht Ihr? Jede Unregelmäßigkeit ist mir sofort zu melden. Ich werde dann entsprechende Maßnahmen ergreifen."

Der Leutnant und Veronica blickten den Reichsgrafen erstaunt an.

„Nun", sprach er mit ernster Stimme, „wenn es sich als notwendig erweist, werde ich die Stadt zwei Stunden lang beschießen lassen."

Die beiden begaben sich zum Stadtgericht. Ein Amtmann empfing sie mit gespielter Freundlichkeit.

„Der Reichsgraf erwartet, daß das Abkommen genauestens erfüllt wird, ansonsten sieht er eine Verletzung seiner Autorität und wird entsprechende Maßnahmen ergreifen", stellte der Leutnant nach der Begrüßung sofort klar.

Der Amtmann erschrak.

„Ihr braucht Euch keine Sorgen zu machen, Herr Leutnant."

Er reichte nun Veronica einige Schriftstücke, welche sie sorgsam durchlas. Auch überprüfte sie die dort aufgeführten Rechnungen genauestens.

„Steht alles zu Eurer Zufriedenheit?" fragte der Amtmann schließlich vorsichtig.

Veronica blickte auf, nickte.

„Ja, Herr Amtmann."

Der winkte einem Bediensteten, welcher sich entfernte und nach kurzer Zeit mit einem größeren Sack und einer Tasche erschien.

„Der Sack enthält Eure Kleidung, die Tasche Euren Schmuck und sonstige Gegenstände aus Eurem Besitz. Das Geld werde ich gleich holen."

Er verließ den Raum, kehrte bald mit einem Beutel in der Hand zurück."

„Hier ist das Geld. Prüft die Summe bitte nach."

Veronica öffnete die Tasche, entnahm die Münzen, zählte sie.

„Es ist alles zu meiner Zufriedenheit erfüllt, Herr Amtmann, vielen Dank", stellte sie endlich fest.

Sie und der Leutnant verließen das Gebäude. Veronica sprach einen Jungen an, der untätig auf der Straße herumstand. Gegen ein kleines Entgelt trug er den Kleidersack zum Quartier.

Es war unterdessen Mittag geworden. Die Dienerin brachte das Essen. Veronica legte sich dann aufs Bett, schlief ein.

„Verzeiht, daß ich Euch wecke", sie nahm die Stimme der Magd im Halbschlaf wahr, „der Reichsgraf möchte Euch sprechen."

„Was will er denn noch von mir ?" dachte sie.

Sie begab sich zu ihm. Er bat sie sich zu setzen, bot ihr Wein an.

„Wie mir der Leutnant berichtete", begann Peter von Lichterau, „wurden Eure Vermögensangelegenheiten zu Eurer vollsten Zufriedenheit erledigt,"

„Ja, das ist wahr."

„Gut, dann kann ich ja nochmals auf meine Rede von heute morgen zurückkommen. Der Frieden steht bevor, Und damit muß die Zeit Eures Herumstreifens ein Ende nehmen. Es werden keine Heere mehr durch das Reich ziehen. Das Marketenderwesen wird absterben. Ihr werdet zur Hausiererin herabsinken, die von Dorf zu Dorf wandert um den Bauern irgendwelchen Tand zu verkaufen. Wollt Ihr das ? Ihr seid klug, von hoher Bildung. Tretet in meine Dienste. Wenn erst Frieden herrscht, dann kommen gewaltige Aufgaben auf uns zu. Das Land ist verwüstet. Vieles muß neu aufgebaut werden. Hierfür braucht es tüchtige Männer und Frauen."

24

Veronica blickte ihn skeptisch an.

„Ihr glaubt an den Frieden ? Jetzt ? Ihr habt eine Schlacht gewonnen. Doch der Krieg dauert bereits sechzehn Jahre an. Es wurden viele Schlachten geschlagen, gewonnen oder verloren, je nach Sicht der beteiligten Partei. Eine wirkliche Entscheidung fiel nie. Nur eines brachten die Schlachten mit sich. Das Reich wurde ausgeplündert und verwüstet. Und so wird es weitergehen. Die Franzosen, Schweden, Dänen und Türken kratzen an den Reichsgrenzen, reißen schon Städte und Provinzen an sich und ihr bekämpft euch untereinander. Und so wird es weitergehen, bis das Reich ausgelöscht sein wird und die wahren Feinde dann das Land unter sich aufteilen. Kennt Ihr den Kardinal, der in Paris die Fäden zieht ? Nein ? Ich kenne ihn auch nicht. Aber ich weiß wie er denkt ! Er hat gute Beziehungen zur Kurie in Rom, er wird seinen Einfluß dort geltend machen um den Papst zu einem Aufruf an die deutschen Bischöfe, die katholischen Fürsten und den Kaiser zu veranlassen, den Kampf gegen die ketzerischen Protestanten fortzusetzen. Vielleicht wird er ihnen auch Geld schicken. Und sie werden neue Truppen ausheben. Es mag einige Monate dauern, aber dann werdet Ihr einem Heer gegenüber stehen, welches gewaltiger ist als jenes, das Ihr vor zwei Tagen bei Hanau geschlagen habt. Und wird dann die Entscheidung fallen, man bereit sein Frieden zu schließen ? Ich wünschte es ! Ihr glaubt mir nicht, sagt, ich sei ja eine Schacherin, eine Hure, die vom Krieg lebt. Was sollte mir der Frieden bringen ? Ja, was, außer einem Leben als Landstörzerin, Diebin, Betrügerin, Dirne, Bettlerin, die irgendwann im Kot der Straße tot niedersinkt, falls sie nicht vorher am Galgen endet ? Da ist es besser, wenn mich im Krieg eine Kugel trifft. Doch es geht um das Reich, das Erbe unserer Ahnen, die Zivilisation, die kulturellen Güter, welche die vielen Generationen vor uns geschaffen haben. Soll das alles in den Staub sinken ? Für mich hat das Reich keine Bedeutung. Es spielt keine Rolle, welchem Herren ich die Hühner stehle oder ob deutsche, französische oder türkische Offiziere meine Courasche nutzen. Wäre ich allerdings ein Edelmann, so würde ich es mir schon überlegen, ob ich mich mit meinem Bruder oder Vetter darüber streite, nach welchem Ritus ein Gottesdienst abgehalten wird, wenn der Preis dafür ist, die Freiheit zu verlieren und meinen Nacken unter das Joch eines fremden Königs zu beugen oder mit ansehen müssen, wie fremde Herren auf meinen Gütern herrschen und ich ihnen zu dienen habe."

Der Reichsgraf lächelte.

„Vielleicht habt Ihr recht. Trotzdem, auch wenn noch ein oder zwei Schlachten geschlagen werden, das Ende des Krieges steht bevor."

„Seid da nicht so sicher. Der Keim eures Zwistes wird bereits in der Heiligen Schrift gelegt. Dort heißt es doch 'Ihr sollt nicht meinen, daß ich gekommen bin, Frieden zu bringen auf die Erde. Ich bin nicht gekommen Frieden zu bringen, sondern das Schwert. Denn ich bin gekommen, den Menschen zu entzweien mit seinem Vater und die Tochter mit ihrer Mutter und die Schwiegertochter mit ihrer Schwiegermutter. Und des Menschen Feinde werden seine Hausgenossen sein'."

„Und das soll in der Heiligen Schrift stehen ?"

„Ja, wenn Ihr mir nicht glaubt, dann seht selbst nach."

Der Reichsgraf rief einen Diener herbei.

„Wir haben doch eine Bibel hier im Haus. Bring sie her."

Es dauerte nicht lange, so brachte der Diener das geforderte Buch.

„Schaut im Evangelium des Matthäus nach."

Peter blätterte ein Weile.

„Aha, hier steht es. Aber Ihr habt nicht alles gesagt. Es heißt weiter: 'Wer Vater oder Mutter mehr liebt als mich, der ist meiner nicht wert; und wer Sohn oder Tochter mehr liebt als mich, der ist meiner nicht wert. Und wer nicht sein Kreuz auf sich nimmt und folgt mir nach, der ist meiner nicht wert."

„Aber genau hier seht Ihr es doch: Jesus verlangt unbedingten Gehorsam, er will als höchste Autorität anerkannt werden. Und wozu dann der Streit unter den Menschen ? Will er sie nicht entzweien um seinetwillen ? Wozu das Schwert ? Er will damit doch nur erreichen, daß sich die Menschen um den rechten Weg streiten, diejenigen hassen, die darüber nicht der gleichen Ansicht sind wie sie selbst. Als Jesus noch lebte, da war die Nachfolge einfach. Doch wie folgt man einem Toten nach ? Doch nur, indem man seinen Worten folgt. Und der rechte Weg hängt davon ab, wie man sie auslegt. Darum gibt es die Aufspaltung in der Christenheit. Darum bekämpfen sie sich und mit diesen Sätzen rechtfertigen sie ihren Krieg. Doch geht es ihnen nicht nur um die Religion, sondern auch um die Macht. Jesus' widersprüchliche Aussagen zu Liebe und Frieden geben jedem Raum, seinen Interessen entsprechend den richtigen Glauben festzulegen. Damit arbeiten sie aber dem Teufel in die Hände. Und der lacht sich ins Fäustchen. Und das Volk blutet. Es ist Zeit Frieden zu schließen. Und sagt den Kirchenfürsten, daß Jesus Frieden bringen wollte. Verschweigt das andere. Wenn eine Lüge zum Guten führt, dann ist sie keine Sünde. Aber bedenkt eines: der Streit um die 'wahre' Nachfolge Jesu wird nicht aufhören, solange die Bischöfe noch weltliche Macht ausüben. Nehmt sie ihnen ab, wenn Ihr dem Reich wirklich Frieden bringen wollt."

Veronica nahm einen Schluck Wein.

„Was immer geschehen mag, ich muß weiter wandern. Ich bin nur eine Frau, die nicht zählt, deren Worte kein Mann ernst nimmt. Wie kann ich Euch dann dienen ? Soll ich in irgend einem Kabinett versauern ? Soll denn meine Courasche jetzt fürderhin ungenutzt bleiben, nach und nach altern, verschrumpeln ? Das wäre doch ein Jammer, nicht nur für mich, sondern auch für die Herren, denen sie bisher Genuß bereitete."

„Das verlangt niemand von Euch. Doch sollte sie von nun an der Liebe und der Tugend dienen und nicht dem Laster. Dann erfüllt sie ihre göttliche Bestimmung."

„Was heißt göttliche Bestimmung ? Ich glaube nicht an Himmel und Hölle. Jedenfalls nicht so, wie es die Kirche lehrt. Der Himmel ist nicht irgendwo über den Wolken und die Hölle nicht tief in der Erde. Beide sind in uns."

„Ich weiß", Peter lächelte, „das Gute ist Gott, das Schlechte der Teufel. Und beide befinden sich in ständigem Streit miteinander."

„Das ist leicht gesagt. Ich bin dem Laster verfallen, jede Tugend ist mir fremd."

„Sagt das nicht. Zwischen Tugend und Laster liegt ein weites Land. Niemand ist verloren."

Peter atmete tief durch.

„Ich kann Euch nicht halten. Wäret Ihr ein Mann, so würde ich jetzt sagen, Ihr müßtet Euch erst die Hörner abstoßen. Aber was sagt man bei einer Frau ? Frauen sollen sanft und sittsam sein, dürfen keine Hörner besitzen."

Veronica schüttelte den Kopf.

„Wir leben in einer bösen Zeit. Man braucht Hörner, Krallen oder scharfe Zähne um zurecht zu kommen. Am besten, man hat alles. Wieso sollten dann Frauen keine Hörner wachsen ?"

Der Reichsgraf lachte.

„Gut gesprochen. Geht Eures Weges, ich will Euch nicht halten. Aber seid gewiß. Falls Ihr einmal ein Obdach braucht, bei mir seid Ihr immer willkommen."

„Ich werde daran denken, Reichsgraf. Aber ich bin nur eine Hure, ich ziehe weiter."

„Nur eine Hure ? Ihr seid eine kluge Frau, eine nützliche Ratgeberin. Ihr redet Euch heraus. Bleibt bei mir !"

„Nein."

Kapitel 5: Wie die Courasche einen Branntweinhandel eröffnete, weiterzog, den Erzbischof von Mainz traf, der sie zu bekehren versuchte, aber selbst bekehrt wird

Sie verließ das Quartier des Reichsgrafen am nächsten Tag, mietete in einem einfachen Gasthof ein Zimmer, denn sie dachte nicht daran, sich wie ein Dieb aus der Stadt zu schleichen, ohne gewisse Angelegenheiten geordnet und Pläne für ihre Zukunft geschmiedet zu haben. Nun war zwar der größte Teil ihres Vermögens gerettet, doch er reichte nicht aus um erneut eine Marketenderei zu eröffnen, ihr fehlte auch der Mann, der ihr half dieses Geschäft zu betreiben.

Während sie so durch die Gassen streifte, fiel ihr auf, daß täglich zahlreiche Soldaten in die Stadt kamen um Branntwein zu kaufen.

„Was soll man denn sonst tun außer saufen ?" erzählte ihr ein Kriegsknecht, den sie am Mainufer ansprach, „die Zeiten sind schlecht, der Sold ist gering, bei Hanau haben wir nur wenig Beute gemacht und in den Dörfern ist auch nichts mehr zu holen. Es reicht eben nur noch für Schnaps."

Ein Gedanke blitzte in Courasche auf.

„Ihr Gesunden habt es gut, ihr könnt in die Stadt kommen. Aber was ist mit den Verwundeten, die nicht laufen können, bringt ihr denen Branntwein mit oder müssen die Durst leiden."

„Das ist wohl so", antwortete der Mann, „die Kerle mißtrauen uns, geben uns kein Geld mit, weil sie fürchten wir könnten es vertrinken. Und wir besorgen nichts für sie, weil wir nicht wissen, ob sie auch bezahlen können und wir dann mehr Schnaps haben als wir saufen können."

Noch am Nachmittag erwarb die Courasche ein kräftiges Maultier und am darauffolgenden Morgen erhandelte sie schon in aller Frühe eine größere Menge Branntwein, zog damit ins Lager der Protestanten. Die Invaliden drängten sich heran, kauften ihr im Nu die gesamte Ware ab. Ermutigt durch diesen geschäftlichen Erfolg wiederholte sie ihren Besuch am nächsten und übernächsten Tag.

Dann erklärte ihr allerdings der Oberst, welcher die Aufsicht führte, er mißbillige ihren Handel und sie solle daher schleunigst verschwinden und sich nicht wieder blicken lassen.

Sie verließ Frankfurt, ritt auf ihrem Maultier mainaufwärts, gemächlich, denn es war keine Eile vonnöten, veräußerte unterwegs den Branntwein, den sie noch besaß, füllte ihre Vorräte wieder auf, wo immer sich eine Möglichkeit bot, fand neue Kundschaft.

Doch welch ein Land durchstreifte sie !

Viele Dörfer waren weitgehend zerstört, beherbergten nur noch wenige Bewohner, die fast wie Tote wirkten. Da niemand wußte, was der nächste Tag bringen wird, mochte keiner so recht sein Handwerk betreiben oder seine Äcker bestellen. Soweit sie noch Geld besaßen, erwarben die meisten gerne Schnaps um sich dem Trunk hinzugeben. Die Felder lagen brach, die Straßen befanden sich in schlechtem Zustand, da niemand für ihre Unterhaltung sorgte. Auf ihnen zogen Scharen von Bettlern und Invaliden hin, denen meist ein Arm oder Bein fehlte; elende, ausgemergelte Gestalten, in Lumpen gehüllt. Dazwischen wanderten Frauen und Kinder, welche kein Obdach mehr hatten, von Dorf zu Dorf um Almosen zur Stillung ihres ärgsten Hungers zu erbitten. Ein jammervoller Anblick.

Nach wenigen Tagen erreichte sie die Reichsstadt Gelnhausen. Sie wollte dort ein oder zwei Tage rasten, dann weiter nach Fulda ziehen. Man riet ihr aber davon ab; die Gegend sei unsicher, da sich nahe Schlüchtern noch versprengte kaiserliche Soldaten herumtrieben, die Reisende überfielen, beraubten und ermordeten.

Sie beschloß daher am Rande des Spessartwaldes entlang nach Süden in Richtung Aschaffenburg aufzubrechen. Gegen Abend stieß sie auf ein verlassen wirkendes, zerstörtes Dorf; leichter Rauch stieg noch zwischen den Trümmern empor. Sie durchstreifte es in der Hoffnung etwas Brauchbares zu finden. Plötzlich kroch ein Junge, er mochte etwa vierzehn Jahre alt sein, aus einer halb verfallenen Hütte heraus. Er blickte die Courasche scheu an.

„Wer bist du und was ist geschehen ? Die Trümmer rauchen ja noch."

„Ich heiße Hans", erklärte er schüchtern, „vor zwei Tagen drangen Soldaten in unser Dorf ein, mordeten, raubten, brannten alles nieder. Nur wenige überlebten und die sind fortgegangen, in die umliegenden Dörfer, wo Verwandte wohnen. Ich habe aber niemanden, daher blieb ich. Und wer seid Ihr ?"

Die Courasche überlegte kurz.

„Ich bin Frau Veronica, Branntweinhändlerin. Ich ziehe durch das Land, von Ort zu Ort. Du kannst mit mir kommen, wenn du magst. Ich könnte einen Gehilfen gebrauchen."

„Ich werde es mir überlegen, Frau Veronica, wenn Ihr mir bis morgen früh Zeit gebt."

„Die sollst du haben. Die Sonne geht bald unter und ich werde heute nicht mehr weiterreisen."

„Ihr seid Schnapshändlerin?" fuhr Hans dann fort, „ich besitze noch einen kleinen Vorrat, den die Soldaten nicht gefunden haben. Den kann ich Euch verkaufen."

Die Courasche antwortete nicht, denn ein Wagen, der am Rande des zerstörten Dorfes stand, hatte ihre Aufmerksamkeit erregt. Sie ging zu ihm hin, untersuchte ihn.

„Er ist noch in Ordnung", sagte sie halblaut vor sich hin, „und wenn ich eine Plane über ihm aufspanne, dann wird er zu einem richtigen Bagagewagen. Ein bißchen schwer für das Maultier vielleicht. Aber bis Aschaffenburg wird es gehen. Dort kann ich mir sicher ein Pferd beschaffen."

Der Junge war mittlerweile herangekommen, hatte die letzten Worte gehört.

„Ihr braucht kein Pferd zu kaufen. Eines war entlaufen, ich habe es wieder eingefangen und im Wald versteckt."

„Zeige es mir."

Es erwies sich als eine alte Mähre, der man wohl nicht mehr allzu viel zumuten konnte, aber sicher kräftiger war als das Maultier.

Die Courasche setzte sich nun vor die Hütte, aus welcher der Junge herausgekrochen war, der einzigen im Dorf, die noch bewohnbar erschien, packte ihren Proviant aus. Sie bot auch dem Jungen, der seit zwei Tagen außer ein paar Beeren nichts mehr Ordentliches gegessen hatte, Brot und Wurst an. Der langte kräftig zu.

„Ich habe es mir überlegt, ich werde mit Euch ziehen, wenn Ihr mich noch nehmt", erklärte Hans am nächsten Morgen beim Frühstück. Die freundliche Behandlung hatte wohl Vertrauen zu ihr geweckt. Sie brachen auf. Das Pferd erwies sich kräftiger als angenommen und so verzichtete sie darauf in Aschaffenburg ein anderes zu kaufen. Sie zogen mainaufwärts, über Miltenberg nach Wertheim, bogen dann ins Taubertal ab. Die Geschäfte liefen nicht schlecht, sie hatten stets genügend zu

Essen, konnten sich in größeren Orten auch eine Unterkunft in einem Gasthof leisten, mußten daher nur gelegentlich in einem Zelt neben dem Wagen übernachten. Die Courasche hielt natürlich auch Ausschau nach zahlungskräftigen Herren, die ihre nächtlichen Dienste in Anspruch zu nehmen gedachten, fand allerdings nur wenige Kunden, denn billig wollte sie sich nicht verkaufen. Hinzu kam, daß sie dieses Geschäft immer lustloser betrieb und dabei nicht mehr die Hochgefühle empfand wie früher. Sie fragte sich, was geschehen sein konnte. Lag es daran, daß die Stillung ihrer Begierde sie an den Schandpfahl und fast an den Galgen gebracht hatte und sie daher nun eine gewisse Angst davor empfand? Nein, das war es nicht. Nach langem Nachdenken kam sie zu dem Schluß, daß es sich um einen aufkommenden Unwillen handelte sich fernerhin Männern als Ware anzubieten, ohne sich allerdings über den Grund hierfür im Klaren zu sein.

Etwa eine Wegstunde vor Bischofsheim an der Tauber bot sich den beiden unvermittelt ein seltsames Bild. Im Feld, einige Schritte von der Straße entfernt, erblickten sie eine umgestürzte Kutsche; die noch eingespannten Pferde lagen offensichtlich entseelt davor, ebenso wie ein Mann, der tot schien. Nicht weit davon entfernt, wälzte sich ein zweiter hin und her, der wohl unter starken Schmerzen litt, denn er schrie unentwegt.
Am Wegrand wiederum saß ein kostbar gekleideter Herr, welcher vor sich hinschimpfte.
Die Courasche stieg von ihrem Maultier ab, lief zu ihm.
„Edler Herr, was ist geschehen?"
„Diese Tölpel, konnten sie nicht das Loch in der Straße sehen?" antwortete der bloß.
„Seid Ihr verletzt, Herr?"
„Mein Fuß, wahrscheinlich ist er gebrochen."
„Ich verstehe mich ein bißchen in der Heilkunde, ich werde ihn untersuchen, wenn Ihr es erlaubt."
„Meinetwegen", brummte der Mann.
„Gebrochen ist er nicht, nur verstaucht. Ich werde ihn einreiben, wenn Ihr erlaubt. Das lindert die Schmerzen."
„Meinetwegen."
Sie holte etwas Branntwein, machte sich ans Werk.

32

„Laufen könnt Ihr allerdings nicht, Ihr benötigt Hilfe. Ich bin aber fremd in der Gegend. Wo kann ich welche finden ?"

„Das weiß ich doch nicht. Frage meinen Diener."

Der Junge hatte zwischendurch nach dem Verletzten geschaut, kam nun herbeigeeilt.

„Ihm ist nicht mehr zu helfen, Frau Veronica. Sein Rückgrat ist gebrochen. Er wird bald sterben."

„Nun, so werde ich Euch helfen müssen, Herr", Veronica wandte sich nun wieder an den Mann, „ich werde Euch nach Bischofsheim bringen. Ihr könnt auf meinem Wagen fahren. Der Junge wird lenken. Die beiden Toten müssen wir allerdings hierlassen. Solch eine zusätzliche Last kann das Pferd nicht ziehen."

„Wer bist du denn überhaupt, Weib ? Du siehst wie eine Landstörzerin aus ! Wollt ihr mich verschleppen um Lösegeld zu fordern ?"

Er zog eine Pistole unter seinem Gewand hervor.

„Nimm dich in Acht !"

„Ich bin die Branntweinhändlerin Veronica. Bei allen Kriegsparteien bin ich allerdings unter dem Namen Courasche bekannt. Ihr braucht Euch nicht zu ängstigen. Steckt die Pistole weg. Ihr könnt ja doch nicht damit umgehen."

Der Mann blickte sie finster an, richtete die Waffe auf sie. Doch die Courasche hatte solch eine Reaktion erwartet, entwand ihm blitzschnell die Pistole. Sie lächelte keck.

„Ihr habt wohl noch nie von der Courasche gehört ? Glaubt bloß nicht, daß Ihr mich übertölpeln könnt. Und nehmt Euch in Acht, eine Pistole ist kein Spielzeug. Und außerdem – sie ist nicht geladen."

„Was willst du von mir, du Hexe ?"

„Werdet jetzt nicht grob, mein Herr. Eine Hexe bin ich schon gar nicht. Ich habe Euch meine Hilfe angeboten, habe keinerlei Absicht Euch zu entführen, will Euch nach Bischofsheim bringen. Warum glaubt Ihr mir nicht ? Seid Ihr so schlecht, daß Ihr Euch nicht vorstellen könnt, daß andere Euch Gutes antun möchten ? Aber wenn Ihr meine Hilfe ablehnt, dann werde ich verschwinden. Ich kann Euch ja nicht zwingen sie anzunehmen. Hier ist Eure Pistole."

Sie reichte ihm die Waffe. Der Mann blickte leicht verlegen.

„Verzeih, daß ich grob war. Aber die Zeiten sind schlecht, die Menschen sind schlecht. Man kann niemandem mehr trauen."

„Der Krieg hat die Menschen schlecht gemacht, der Krieg, den die hohen Herren vom Zaum gebrochen haben, der Kaiser, die Fürsten, die Bischöfe; die sind schuld. Ich hoffe, daß Gott wirklich eines Tages richten wird. Dann werden die hohen Herren in die Hölle gestoßen!"
Der Mann wehrte ab.
„Hier ist nicht der Ort um über derartige Dinge zu disputieren. Ich nehme deine Hilfe an."
„Habt Ihr noch Gepäck in der Kutsche?"
„Nein, es war nur eine Spazierfahrt."
Das Schreien hatte mittlerweile aufgehört.
„Was ist mit dem Diener, Hans?"
Der Junge lief zu dem Verletzten hin, kehrte bald zurück.
„Er ist tot, Frau Veronica."
„Gott sei seiner armen Seele gnädig", erwiderte sie.
Sie wandte sich dann dem Herren zu.
„Steigt auf den Wagen. Ich werde Euch stützen."

Eine gute Stunde später erreichten sie Bischofsheim. Der Mann gab der Torwache einige Anweisungen.
„Bringe mich zum Schloß", befahl er dann dem Jungen.
Wenige Minuten später erreichten sie den prächtigen Bau. Als der Wagen anhielt eilten einige Diener herbei. Der Mann gab ihnen ein Zeichen zu warten, winkte die Courasche heran.
„Vielen Dank für deine Hilfe. Ich habe mich bisher noch gar nicht vorgestellt, das tat ich aus Vorsicht, denn ich bin der Erzbischof und Kurfürst von Mainz, der Erzkanzler des Reiches. Nun, ich will meinen Dank nicht nur in Worten ausdrücken. Ihr braucht euch kein Quartier in der Stadt zu suchen. Du bist mein Gast, du wirst im Schloß wohnen, dein Junge wird eine Kammer im Gesindehaus erhalten. Meine Knechte werden für eure Tiere sorgen. Ihr könnt bleiben so lange es euch beliebt. Und heute abend wirst du mit mir speisen. Ich lade dich ein."
Er nickte nun den Dienern zu, sie hoben ihn vom Wagen, trugen ihn ins Haus. Wenig später trat ein Lakai aus der Tür, begab sich zur Courasche.
„Mir ist befohlen Euch zu Eurem Gemach zu führen und auch sonst Eure Wünsche zu erfüllen, soweit es in meiner Macht steht."
Man hörte es ihm an, daß es ihm schwer fiel, dem verruchten Weib gegenüber in diesem höflichen und ehrerbietenden Ton zu reden.

„Habt Ihr noch einen Wunsch ?" fragte er als sie das Zimmer erreichten.
„Ja", antwortete sie, „habt ihr hier eine Badestube ?"
Der Lakai runzelte die Stirn.
„Eine Badestube ? Ja, wir haben eine Kammer, die sich als solche nutzen läßt."
„Gut, dann bereitet mir ein Bad zu."
Der Lakai blickte ungläubig. Die Courasche lachte.
„Wenn ich schon nicht mit reiner Seele vor den Erzbischof treten kann, so soll doch wenigsten mein Leib rein sein."

Nach dem Bad legte sie das Kleid an, welches ihr der Reichsgraf in Frankfurt geschenkt hatte. Sie schaute sich dann in dem kostbar ausgestatteten Gemach um, entdeckte eine Bibel. Sie nahm das Buch in die Hand, setzte sich in einen Sessel, begann darin zu lesen.
Es dunkelte bereits als der Lakai erschien und sie in den Speisesaal führte.
„Guten Abend, Eminenz. Oder Exzellenz ? Verzeiht mir. Ich bin unerfahren im Umgang mit hohen Herren, weiß gar nicht, wie ich Euch nennen soll."
Der Erzbischof lachte.
„Und du bist die Frau, welche mir am Nachmittag geholfen hat ?"
„Wer sollte ich sonst sein ?"
„Nun, sie war eine schmutzige Landstörzerin. Und nun steht eine Edelfrau vor mir."
„Wißt Ihr Herr, ein reiner Leib ist nicht unbedingt die Hülle einer reinen Seele, ebenso wenig, wie ein schmutziger Leib die Hülle einer schmutzigen Seele sein muß. Und mit dem Kleid verhält es sich nicht anders. Es verhüllt den Körper und der Körper verhüllt die Seele. Bevor ich mich setze sollt Ihr aber wissen wer ich bin, eine Marketenderin, eine Hure. Ich werde Euer Haus und Eure Tafel entweihen."
Der Erzbischof lachte.
„Was glaubst du, meine Tochter, wie viele Huren schon an meiner Tafel gespeist haben ! Und Jesus, unser Herr, hat er nicht auch mit den Zöllnern gespeist ? Zöllner und Huren, Sünder bleiben Sünder. Und wer ist schon frei von Sünden ?"
Sie lächelte.
„Ja, Herr, Jesus sagte auch, 'ich bin gekommen, die Sünder zu rufen und

nicht die Gerechten'. Nicht die Sünder verurteilte er, sondern die Heuchler. Und ist eine Hure, die sich zu ihrem sündhaften Treiben bekennt, eine Heuchlerin ?"

„Nun, meine Tochter, das Bekenntnis der Sünden ist der erste Schritt zur Reue. Noch ist es nicht zu spät umzukehren."

„Ihr sagt das so einfach daher. Umkehr ? Wohin soll ich gehen ? Wohin führt mein Weg in diesen furchtbaren Zeiten ? Doch nur von einem schlechten Ort zum anderen."

„Ich rede nicht von Orten. Heißt es nicht in der Bibel 'du blinder Pharisäer, reinige zuerst das Innere des Bechers, damit auch das Äußere rein wird' ?"

„Das ist leicht gesagt. Seht, Herr, der Kot der Landstraße, der sich auf den Körper legt, läßt sich leicht abwaschen, doch der Kot, der sich im Herzen und in der Seele festgesetzt hat, läßt sich nur schwer entfernen. Daher ist der Vergleich mit dem Becher falsch. Ein Becher läßt sich innen und außen gut reinigen. Reinigt man ihn nur von außen, dann ist das nur eine kleine Nachlässigkeit, die sich schnell beheben läßt. Zur Reinigung des Herzens und der Seele muß man viel Erlittenes überwinden. Es ist leicht dies zu fordern, insbesondere wenn man all dies nicht selbst erlebt hat. Demütigungen können einen Menschen zerbrechen, sie können aber auch das Herz verhärten, ihn gemein und niederträchtig machen, so daß er nichts anderes mehr im Sinn hat, als Menschen, denen er habhaft wird, zu demütigen. Edel ist nur der, welcher trotz aller Demütigungen gerecht bleibt. Aber, wie viele Menschen sind wirklich edel ? Ich nehme es für mich nicht in Anspruch. Es heißt zwar, nicht was in den Menschen hineingeht macht ihn unrein, sondern was aus ihm herauskommt. Aber was aus einem Menschen herauskommt, muß vorher entweder in ihn hineingegangen oder in ihm gewachsen sein. Aber wie konnte das Schlechte, das Böse, die Sünde im Innern entstehen ? Eine Pflanze kann nur wachsen, wenn man ihren Samen in die Erde legt. Und ebenso kann die Sünde im Menschen nur gedeihen, wenn man den Samen hierfür ins Herz legt. Will man seine Seele also reinigen, so genügt es nicht, die Sünde im Innern auszumerzen, nein, man muß auch dafür sorgen, daß sie nicht mehr aufkeimt, daß kein neuer Same in unser Herz gelangt. Doch der Same des Bösen umweht uns Tag für Tag; wir atmen ihn ein, wir nehmen ihn mit unserer Nahrung auf. Es ist der Krieg ! Haß, Raub, Mord,

Plünderung, Vergewaltigung, Zerstörung, Lüge, Verrat, Betrug, Hexenwahn ! Macht Frieden ! Laßt Güte, Freundschaft, Liebe gedeihen und zur Blüte bringen ! Dann wird auch der Giftsame der Sünde seine Fruchtbarkeit verlieren."

Courasche hatte in leidenschaftlicher Erregung gesprochen. Das Gesicht des Erzbischofs verfinsterte sich. Er brauchte einige Zeit bis er seine Erregung gedämpft hatte.

„Du siehst das nicht richtig, meine Tochter. Nicht der Kaiser, nicht die Fürsten sind schuld an diesen Übeln. Gott hat uns diese Prüfungen auferlegt. Ja, er will uns prüfen, feststellen, ob unser Glaube stark ist. Du kennst doch die Geschichte von Hiob ! Und sagte nicht auch Jesus, 'wer mir nachfolgen will, der verleugne sich selbst und nehme sein Kreuz auf sich und folge mir nach. Denn wer sein Leben erhalten will, der wird's verlieren. Und wer sein Leben verliert um meinetwillen und um des Evangeliums Willen, der wird es erhalten. Denn was hülfe es dem Menschen, wenn er die ganze Welt gewänne und nehme Schaden an seiner Seele'. Gott fordert von uns, daß wir auch in Zeiten der Verfolgung, des Elendes, des Jammers stark im Glauben bleiben und uns der Sünde versagen. Nur dann können wir das ewige Leben gewinnen und ins Paradies eingehen. Dort werden uns alle Leiden, die wir im irdischen Leben erdulden mußten, zehnfach vergolten."

Die Courasche lächelte.

„Oder auch vergoldet ?" meinte sie mit leicht ironischem Unterton, „nein, Exzellenz, da muß ich Euch widersprechen. Ich ziehe seit fünfzehn Jahren durch die Lande. Ich kenne alle Niederungen. Die Bibel ist ein dickes Buch. Man wird immer eine Textstelle finden, mit der man seine Schandtaten rechtfertigen kann. Verlieren wir in diesem Krieg unser Leben wirklich um des Glaubens, um Jesu und des Evangeliums willen ? Nein, wir verlieren es, weil der Soldatenmob seine Mordlust befriedigen will. Das ist etwas völlig anderes. Nein, Exzellenz, nicht Gott hat uns diese Prüfungen auferlegt, sondern es waren Menschen, die hohen Herren, der Kaiser, die Fürsten, fremde Könige, welche diesen Krieg anzettelten und ihn noch immer am Leben erhalten. Durch ihn wurden die Mächte der Finsternis geweckt, die teuflischen Triebe in den Menschen freigesetzt, die sich nun seit sechzehn Jahren im Reich austoben. Ihr seid ein Mann der Kirche, ein Mann Gottes, bietet nun diesen Mächten Einhalt, stiftet Frieden, bevor die Hölle alles verschlungen hat. Sagte nicht auch Jesus 'hebe dich hinweg Satan' ? Was soll ich tun ? Ich bin ja nur ein schwaches Weib, ein Luder, das ohnehin der Hölle verfallen ist. Ich kann doch nichts tun als ein bißchen das Leben zu genießen, bevor ich in der ewigen Verdammnis lande."

„Tu Buße, dann wird dir Gnade zuteil."

„Ich kann aber nur Buße tun, wenn Frieden herrscht; solange der Krieg noch tobt, werde ich ermordet sein, bevor ich den ersten Schritt zur Buße tue, das erste Gebet der Reue sprechen kann. Ihr seht, es ist nicht so leicht seine Sünden zu bekennen und den Weg zur Besserung zu beschreiten. Ich habe so viele Sünden auf mich geladen, weiß ja gar nicht mehr, was alles sündig war; ich kann nicht einfach sagen 'ich bekenne meine Sünden, tue nun Buße'; erst muß ich mir meiner Sünden bewußt werden, sie alle kennen. Das braucht Zeit, ich muß mir über mein ruchloses Leben klar werden, bekennen, was an mir ruchlos ist, was nicht. Das geht nicht bei einem Abendessen; man kann nicht einfach sagen, daß man sich bessern will; das sagt sich einfach; man muß es auch tun, man muß sich wirklich bessern, dazu gehört der Wille, die Kraft. Ich kann Euch heute nur anflehen, das Eurige zu tun um diesem höllischen Treiben nicht nur Einhalt zu gebieten, sondern ihm ein Ende zu bereiten. Und sagt jetzt nicht, Jesus bringt nicht den Frieden, wie es im Matthäus – Evangelium steht. Die Menschen brauchen Frieden. Es ist einfach gesagt, man solle auch die linke Backe hinhalten, wenn man auf die rechte Backe geschlagen wird, oder um Christi willen zu leiden; denn der Mensch ist mit dem Willen zum Leben ausgestattet, wehrt sich gegen das Leiden. Erst wenn der Glaube so stark ist, daß man das irdische Leiden zugunsten des ewigen Lebens auf sich nimmt und erträgt, dann ist man stark genug, alles zu ertragen. Aber gibt es viele, die so sind ? Wer glaubt denn wirklich an ein ewiges Leben ? Auch Ihr habt heute nachmittag eine Pistole auf mich gerichtet, weil Ihr fürchtetet ich wolle Euch ein Leid antun."

Der Erzbischof schwieg; die Unterhaltung schien zu einem Disput ausgeartet, den er nicht bestehen konnte. Es handelte sich nicht um einen Diskurs mit Gelehrten, sondern mit einer heruntergekommenen Landstörzerin, die völlig andere Ansichten vertrat als die studierten Herren mit denen er sonst konversierte. Er wußte so keine rechte Antwort. Die Courasche fuhr daher fort.

„Und was wird mit Euch geschehen am Jüngsten Tag ? Wird Gott nicht sagen 'mein Sohn, habe ich dir nicht meine Schafe anvertraut. Und was tatest du ? Hast du sie behütet ? Nein, du hast sie den Wölfen, dem Satan überlassen'. Und er wird Euch in die Hölle stoßen."

Sie lächelte keck.

„Dort werden wir uns wiedersehen."

Der Zorn stieg in dem Erzbischof hoch. In diesem Ton hatte bisher noch nie jemand mit ihm gesprochen.

„Sie kann nur eine Hexe, eine Braut des Teufels sein."

Er zog sein Kreuz hervor, hielt es der Courasche vors Gesicht. Sie durchschaute die Absicht, welche dahinter steckte, faßte es schnell, küßte es und sprach.

„Jesus, steh uns bei."

Dann gab sie es dem Erzbischof zurück. Unfähig, ein Wort zu sprechen, starrte er sie einige Zeit an.

„Wer bist du, Weib ? Wer hat dich gesandt ?"

„Wer ich bin ? Ihr wißt es, ich bin ein sündiges Luder von der Landstraße ! Niemand hat mich gesandt. Wer hätte mich denn senden sollen ?"

Sie schwieg kurz.

„Ich will Euch nur bitten, Euch für den Frieden einzusetzen, den Krieg zu beenden, damit das Morden, das Plündern, das Notzüchtigen, das Elend ein Ende nimmt. Warum führt Ihr denn noch Krieg ? Es geht doch schon lange nicht mehr um den Streit zwischen Katholiken und Protestanten. Fremde Mächte, Franzosen, Dänen, Schweden und Türken erhalten ihn am Leben. Sie kratzen doch bereits an den Grenzen, haben schon zahlreiche Städte an sich gerissen. Sie wollen, daß wir uns gegenseitig zerfleischen, daß das Reich untergeht und sie dann die deutschen Lande unter sich aufteilen können. Vereinigen wir uns und jagen die fremden Eindringlinge davon. Nehmt Euch insbesondere vor dem heimtückischen Kardinal in Paris in Acht. Paktierte der Katholik nicht mit den protestantischen schwedischen Ketzern gegen den Kaiser als es schlecht um die Sache der Protestanten stand ? Und nun, nach der verlorenen Schlacht bei Hanau, wird er den Kaiser stützen. Und in einem Jahr wird er vielleicht ein Bündnis mit dem Sultan in Konstantinopel schließen. Sein Ziel ist stets das Gleiche. Er begehrt alles deutsche Land jenseits des Rheins. Vielleicht auch noch mehr ! Bedenkt, Mainz liegt jenseits des Rheins. Der französische Wolf hat es sich zur Beute erkoren.

Metz hat er schon gefressen. Und nun will er auch noch Trier, Straßburg, Mainz, Köln und Aachen verschlingen."

Der Erzbischof starrte sie an.
„Wer bist du wirklich ? Du bist keine gemeine Landstörzerin !"
„Nein, wirklich, Exzellenz ! Ich bin nur ein Niemand, die illegitime Tochter eines böhmischen Grafen und wurde, noch nicht der Kindheit entwachsen, in diesen Krieg geworfen."
Sie begann nun aus ihrem Leben zu erzählen, schloß mit den Worten „Damals, bevor der Krieg mein Leben zu beherrschen begann, war es noch Zeit, mir den Weg zu weisen, auf den ich mich nach Eurem Rat nun begeben soll. Damals, in der Blüte meiner Jugend, lebte ich noch im Stande der Unschuld. Unzweifelhaft begann in jenen Tagen auch die gefährliche Zeit der kitzelhaften Anfechtungen, doch hätte ich dem Drang des Blutes, dem sanguinischen Trieb, der fleischlichen Gier damals noch widerstehen können. Aber das ist nun versiebt."
Der Erzbischof hörte ihrer Rede eher gleichmütig zu, der vorangegangene Disput hatte ihn ermüdet, lediglich als sie erwähnte, daß der Reichsgraf sie vom Galgen losgekauft hatte, horchte er kurz auf.
„Es ist spät geworden", sagte er nun, „begeben wir uns zur Ruhe."

Die Courasche verbrachte eine unruhige Nacht. Auch wenn er sich gleichgültig gab, ihre Rede mußte den Erzbischof unbedingt erzürnt haben und sie fürchtete, er werde sie in den Kerker werfen lassen. Doch die Diener umsorgten sie weiterhin freundlich. Zwei Tage später brach sie in Richtung Rothenburg auf.

Bevor sie abfuhr überreichte ihr der Schloßverwalter ein Dokument.
„Was ist das ?" fragte sie.
„Es ist ein Empfehlungsschreiben seiner Eminenz des Erzbischofs."
Sie steckte es zu sich. Nachdem sie die Stadt verlassen hatten überließ sie Hans die Zügel, nahm das Dokument hervor, las es durch.
„Was steht darin ?" fragte Hans.
„Es ist ein Empfehlungsschreiben des Erzbischofs. Es gesteht mir das Recht zu, mich in jeder Stadt seines Herrschaftsgebietes niederzulassen und ein ehrenhaftes Gewerbe zu betreiben. Die Ämter sind angewiesen, mich bei meinen Unternehmungen nach besten Kräften zu unterstützen –

sofern ich das Leben einer ehrbaren Frau führe."

„Das ist aber eine sehr harte Auflage, Frau Veronica."

Die Courasche lachte.

„Ich muß das Recht ja nicht gleich in Anspruch nehmen. Und im Alter werden die größten Huren oft die größten Betschwestern."

Kapitel 6: Wie der Erzkanzler versuchte Frieden zu stiften und die Courasche nach Nördlingen zog

Der Erzbischof verbrachte nach dem Gespräch mit der Courasche eine schlaflose Nacht. Die Reden der Frau hatten ihn tief beeindruckt. Er dachte lange nach. Zunächst argwöhnte er, der Reichsgraf habe sie geschickt um ihn mit dem Kaiser zu entzweien, verwarf den Gedanken aber, da dieser nicht wissen konnte, daß er sich just in jener Zeit für einige Tage in Bischofsheim aufhielt. Auch die Umstände der ersten Begegnung waren ungewöhnlich, denn eine Marketenderin hätte er niemals empfangen.

Und wenn der Reichsgraf sie geschickt hatte, dann hätte sie ihm auch eine Botschaft übermittelt und ihn nicht in einen langen Disput über Gott und die Welt verwickelt.

Je länger er nachsann, desto mehr mußte er der Frau allerdings recht geben. Schließlich entschloß er sich zu handeln und einen Versuch zu wagen Friedensverhandlungen einzuleiten. Er wandte sich mit je einem Schreiben an den Herzog von Sachsen-Merseburg und an den Kaiser. Der Herzog antwortete recht bald ausweichend. Er gelte zwar als Führer der Protestantischen Union, sei aber eher nur ihr Repräsentant, könne daher alleine keine Entscheidungen treffen. Er müsse erst eine Versammlung der protestantischen Reichsfürsten einberufen. Eine Antwort, ob zustimmend oder ablehnend, könne er ihm daher frühestens in sechs Monaten geben.

Vom Kaiser erhielt er einen geharnischten Brief. Auch als Erzkanzler des Reiches sei er ohne Erlaubnis seiner Majestät zu solchen Unternehmungen nicht berechtigt, warf er ihm vor. Sein Verhalten grenze bereits an Verrat. Er bezichtigte ihn des Kleinmuts, konstatierte, gerade nach der empfindlichen Niederlage bei Hanau dürfe man keinerlei Schwäche zeigen, welche die protestantischen Rebellen nutzen könnten um im Reich den Katholizismus endgültig auszulöschen und ihn, den Kaiser, vom Thron zu stoßen. Er wisse genau, daß es in Norddeutschland Fürsten gebe, allen voran der Markgraf von Brandenburg, welche nach der Krone strebten. Wenn er als Erzkanzler nun Schwäche zeige, sei er unwürdig und müsse seines Amtes enthoben werden. Er, der Kaiser, werde jedenfalls ein neues Heer aufstellen, wofür ihm auch der Papst großzügige Geldmittel zugesichert habe, um diese protestantischen Ketzer endgültig zu vernichten.

Der Erzbischof erschrak ob dieser Heftigkeit, beschloß, um den Kaiser nicht noch weiter zu verärgern, auf das Schreiben nicht zu antworten, da er sich bewußt war, jedes weitere Wort könne das falsche sein und ihn eher anklagen als entlasten.

Er mußte sich eingestehen, daß seine Friedensbemühungen gescheitert waren.

Seine Drohung den Erzkanzler abzusetzen, machte der Kaiser allerdings nicht wahr, da er fürchtete sich dadurch den Unwillen der Kirchenfürsten nördlich des Mains zuzuziehen, insbesondere die Erzbischöfe von Trier und Köln, sowie den Bischof von Münster zu verärgern. Er mußte damit rechnen, daß diese dann Frieden mit den Protestanten schließen könnten. Damit wäre das gesamte Norddeutschland verloren.

Drei Tage nach ihrem Aufbruch aus Bischofsheim erreichte die Courasche die Reichsstadt Rothenburg,

„Du kommst nicht in die Stadt mit deiner Bagage, kampiere draußen auf dem Feld bei dem anderen Gesindel", empfing sie der Korporal der Stadtwache barsch. Er deutete dabei auf eine freie Fläche, etwa dreihundert Schritte entfernt, wo eine Reihe von Planewagen herumstand.

„Der Feldweibel wird dir einen Platz zuweisen."

„Bin ich dort überhaupt willkommen ?"

„Mach dir deswegen keine Sorgen. Darüber befindet der Feldweibel."

Die Courasche gehorchte der Aufforderung.

„Wer bist du denn ?" fragte sie der Feldweibel, welcher auf dem Platz das Kommando führte.

„Ich bin die Branntweinhändlerin Veronica. Man nennt mich auch die Courasche."

„Es interessiert mich nicht, wie man dich nennt. Stelle deinen Wagen dort rechts ab."

„Warum läßt man mich eigentlich nicht in die Stadt ? Ich bin Händlerin, ich will Geschäfte machen."

„Händler ? Das seid ihr doch alle. Die wollen dann auch in die Stadt,

43

wenn wir dich reinlassen. Und soviel Gesindel können wir nicht brauchen."

„Ich habe gute Ware, Apfelschnaps aus dem Kurmainzischen und Kirschwasser aus dem Spessart. Koste einmal !"

Sie winkte Hans. Der brachte kurz darauf einen Becher. Der Mann trank. Die Courasche lächelte keck.

„Habe ich zuviel versprochen ?"

Der Feldweibel schüttelte den Kopf.

„Du bekommst eine ganze Flasche, wenn ich in die Stadt darf, wenigstens für vier bis fünf Stunden."

„Ich werde sehen, was sich tun läßt. Ich komme morgen wieder", antwortete er und empfahl sich.

Es war sonnig. Veronica holte einen Schemel und einen Becher Wein aus dem Wagen, setzte sich, genoß die Wärme.

„Alle Teufel ! Du bist doch die Courasche ! Wo kommst du denn her ?" ertönte es nach einiger Zeit.

Sie blickte um sich. Ein dunkelblonder Mann mit dichtem Vollbart, vielleicht vierzig Jahre alt und eine junge, schmale, recht hübsche Frau mit braunen, langen Haaren näherten sich.

„Kennst du mich nicht mehr ?" erwiderte der Mann auf ihren erstaunten Blick, „ich bin Kurt Bückler, du solltest mich noch kennen."

„Kurt Bückler", dachte sie, „er kennt mich besser als ich ihn kennen möchte."

Er galt als ein rauher, ungehobelter, oft gewalttätiger Mensch. Sie war vor ein paar Jahren einige Zeit mit ihm in Geschäften unterwegs gewesen. Sie erinnerte sich nur ungern daran.

„Kurt, alter Freund und Geschäftskumpan, es freut mich dich zu sehen. Was treibst du denn hier ?" antwortete sie mit gespielter Freundlichkeit.

„Wir sammeln uns hier, ziehen dann weiter ins Ansbachische. Der Reichsgraf von Lichterau soll mit seinem Heer dahin unterwegs sein und in der Markgrafschaft Quartier beziehen. Willst du mit uns kommen ?"

Die Courasche überlegte kurz.

„Nein, im Bayerischen soll der Kaiser ein neues Heer aufstellen. Ich gehe über die Donau. Dem Reichsgrafen will ich auch nicht begegnen."

„Nicht begegnen ? Was hast du denn du alte Schlampe ? Es wissen doch alle, daß er dich in Frankfurt vom Galgen losgekauft hat. Konntest du

ihm keine zufriedenstellende Belohnung gewähren ? Ha, du wirst alt
Courasche. Du solltest dich in einem Nest, wo dich keiner kennt, zur
Ruhe setzen, vielleicht im Österreichischen oder in Preußen, als
Küsterin. Du weißt doch, im Alter werden die größten Huren die größten
Betschwestern – aber Huren bleiben sie trotzdem, ha, ha."
Veronica blickte Kurt böse an. Der lachte.
„Schau nicht so grimmig. Mir brauchst du nicht zu beweisen, daß deine
Courasche noch etwas taugt, ich habe ein junges Weib."
Er deutete auf seine Begleiterin.
„Sie heißt Katharina, ist hübsch, wohlgestaltet und sehr willig. Damit
verdient sie mir eine Menge Taler zusätzlich. Das ist gut in so Zeiten wie
diesen."
„Du verkaufst deine Frau ? Pfui Teufel !"
„Hab dich nicht so. Bist du denn etwa besser ? Hast du nicht deinem
Springsinsfeld mit deiner nächtlichen Tätigkeit das Geld zum Spielen
und Saufen verdient ?"
„Das war etwas ganz anderes", erwiderte sie nun sichtlich böse, „er war
nicht mein Ehegatte, wir waren nicht verheiratet. Und es war im Vertrag
zwischen uns festgelegt, daß ich nach eigenem Gutdünken Umgang mit
anderen Männern haben durfte."
„Das ist für mich das Gleiche."
„Meinetwegen, aber pack dich jetzt. Ich möchte meine Ruhe haben."
Die beiden entfernten sich.

Veronica stieg auf den Wagen, holte eine Decke, legte sich dann ins
Gras.
„Der Reichsgraf kommt nach Ansbach", überlegte sie, „soll ich ? Soll
ich nicht ? Nein, ich könnte ihn dort treffen."
In der Tat war die Begegnung mit dem wohlgestalteten, hübschen,
gebildeten, vornehmen, tapferen und mächtigen Herren nicht ohne
Eindruck auf sie geblieben. Immer wieder verglich sie ihn mit ihren
Ehemännern und Liebhabern. Welch ein Unterschied ! Was waren die
denn alle im Vergleich zu ihm ? Doch nichts weiter als jämmerliche,
primitive Kreaturen, stets darauf aus, an ihr nur ihre Begierden zu
befriedigen. Da waren doch selbst die Freier, die auch noch gut zahlten,
etwas wesentlich Besseres. Und was waren das sonst für Kerle, die
Ehegatten und der Springinsfeld ? Die waren ihr doch alle unterlegen, in

45

der Tapferkeit auf dem Schlachtfeld - sie hatte stets die höhere Beute gemacht, in der Bildung - kaum einer von ihnen konnte lesen und schreiben, in ihrem Geist – mit keinem konnte sie eine anregende Konversation führen, in der Tüchtigkeit in der Marketenderei – stets mußte sie das Geld verdienen um ihre Leidenschaften, Spielen, Fressen und Saufen zu befriedigen; keiner war je eine wirkliche Hilfe im Geschäft gewesen. Und nun hatte sie diesen Reichsgrafen getroffen. Zum ersten Mal in ihrem Leben machte sie Bekanntschaft mit einem Mann, der ihr geistig, sowie in seiner kulturellen Bildung und seinem Benehmen ebenbürtig war. Zu ihm konnte sie aufblicken, mußte sich nicht auf den Stand einer primitiven Landstörzerin herabbegeben um mit ihm konversieren zu können. Aber gesellschaftlich stand er weit über ihr: er war ein Mann von hohem Adel und sie ein heruntergekommenes Luder, eine Hure. Sie empfand Liebe für ihn. Das hatte sie in den letzten Wochen immer deutlicher gespürt. Deshalb verzichtete sie nun auch auf den Umgang mit anderen Männern, wie ihr allmählich klar wurde. Aber auch er hatte eine gewisse Zuneigung zu ihr empfunden, die über fleischliche Begierde hinausging, dessen war sie sich sicher. Aber würde er eine wie sie zur Frau nehmen, heiraten ? Das erschien ihr unvorstellbar. Das hatte sich doch auch bei dem dänischen Grafen gezeigt, der ihr alle Liebe der Welt schwor, der sie auf sein Schloß brachte, dort wie eine Prinzessin behandelte, aber sie stets hinhielt, bis sie dann durch eine Intrige, hinter der seine Eltern standen, nach Hamburg fortgelockt wurde. All seine Schwüre waren doch nur leere Worte gewesen. Bei dem Reichsgrafen würde es nicht anders sein. Hätte sie ihn bloß fünfzehn Jahre eher getroffen ! Aber da half kein Jammern, das war verpfuscht, ließ sich nicht mehr ändern.
Hinzu kam noch, daß er sie vom Galgen losgekauft hatte. Sie stand nun in seiner Schuld. Das behagte ihr nicht. Sie hatte sich in ihrem Leben mit vielen Männern eingelassen. Aber es war stets ihre Entscheidung gewesen, wann sie mit wem sie das Nachtlager zur Befriedigung der geschlechtlichen Gier teilte. Aus Dankbarkeit für eine erwiesene Gunst hatte sie sich nie einem Manne hingegeben. Das widerstrebte ihr, gab ihr das Gefühl sich zu seiner Dienstmagd herablassen zu müssen. Das sah sie als Demütigung an. Das mochte sie nicht tun.
Deshalb schien es besser ihn nicht wieder zu treffen.

46

Der Feldweibel brachte ihr am nächsten Morgen die Genehmigung bis zur Abenddämmerung in der Stadt Handel treiben zu dürfen. Das erfreute sie so sehr, daß sie ihm sogar zwei Flaschen Schnaps gab. Das Geschäft lief hervorragend. Sie verkaufte alle ihre Vorräte, erwarb auch neue Ware. Sie übernachtete wieder auf dem freien Platz bei den anderen.

Am nächsten Morgen brach sie mit Hans auf. Ihr Weg führte sie nach Dinkelsbühl, dann weiter nach Aalen.
Etwa eine Stunde hinter der Reichsstadt bot sich ihnen ein Bild, welches die Courasche zu äußerster Wachsamkeit veranlaßte. Rechts am Wegrand hielt eine Kutsche. Vor ihr saßen drei Männer, welche offensichtlich von drei Soldaten in Schach gehalten wurden. Diese unterhielten sich laut, ließen eine Flasche kreisen, beachteten die Herannahenden überhaupt nicht. Von der linken Straßenseite her ertönten gellende Hilferufe. Beim Näherkommen sah sie, daß dort ein Kerl im Begriffe war eine Frau zu mißbrauchen. Rasch entschlossen übergab die Courasche dem Jungen die Zügel, griff nach dem hinter ihr liegenden Säbel. Als sich ihr Wagen auf gleicher Höhe mit dem Notzüchtiger befand, sprang sie vom Bock und versetzte ihm einen Säbelhieb. Der Unhold ließ von der Frau ab, richtete sich, Schmerzensschreie ausstoßend, auf. Ein zweiter Hieb der Courasche trennte ihm den Kopf vom Leib. Danach überquerte sie die Straße, drang auf die drei Bewaffneten ein. Diese hatten das Geschehen gar nicht mitbekommen, da der Marketenderwagen ihnen die Sicht versperrte und auch ihre Sinne vom Trinken bereits leicht benebelt waren. Vollkommen überrascht sahen sie nun ein wütendes, bewaffnetes Weib auf sich zustürmen. Bevor sie ihre Säbel zücken konnten, spaltete die Courasche einem von ihnen den Kopf; mit den beiden anderen entbrannte ein heftiges Gefecht. Die Mißbrauchte hatte sich unterdessen aufgerafft, die Waffe ihres Peinigers ergriffen und eilte ihrer Retterin zu Hilfe. Im Nu waren die beiden Unholde niedergestreckt. Die Frau trat nun auf die Courasche zu, umarmte sie, hauchte.
„Vielen Dank für die Rettung vor diesen Ungeheuern."
Die drei vor der Kutsche sitzenden Männer hatten die Ereignisse ohne sich zu rühren beobachtet. Sie erhoben sich nun. Die Courasche warf ihnen einen verächtlichen Blick zu.
„Wer sind denn diese drei Hampelmänner ?" fragte sie nun die

47

mißbrauchte Frau.

„Dieser hier", sie deutete auf den am besten gekleideten Herrn, „ist Alfons von Ackerheim, mein Bräutigam. Die beiden anderen heißen Harald und Kurt, sind Diener. Und mein Name ist Adele von Ellenburg."

„Ich heiße Veronica, bin Hure und Branntweinhändlerei. Im allgemeinen nennt man mich allerdings Courasche. Was ist eigentlich geschehen?"

„Wir befanden uns auf der Fahrt von Aalen zum Schloß meines Vaters als vier Marodeure uns den Weg versperrten. Es treiben sich viele solcher Kerle in unserer Gegend herum, überwiegend Kroaten, Ungarn und Slowaken, ehemalige kaiserliche Soldaten, die nach der verlorenen Schlacht bei Hanau nun versuchen sich in ihre Heimat durchzuschlagen. Vielen Dank. liebste Veronica, Ihr seid gerade im rechten Moment gekommen. Sie hätten uns alle ermordet."

Die Courasche schaute zu Alfons hinüber.

„Ihr seid also der Verlobte von Fräulein Adele? Warum habt Ihr Eurer Braut nicht beigestanden?"

„Die Unholde besaßen Waffen", antwortete der kleinmütig.

„Habt Ihr denn keine?"

„Doch; aber wir hätten im Kampf Schaden am Leibe nehmen können. Sie waren in der Überzahl."

Courasches Gesicht verfinsterte sich.

„Überzahl? Ihr wart drei, die Angreifer vier. Das ist doch keine Überzahl!"

„Die Diener sind im Waffengebrauch wenig geübt."

„Schaden an Euren Leibern nehmen! Das habt Ihr gefürchtet! Aber daß Eure Braut Schaden an Leib und Seele nahm, ihrer Ehre beraubt wurde, das hat Euch nicht berührt!"

„Es hätte ihr nicht geholfen, wenn wir Schaden genommen hätten."

Die Courasche blickte ihn verächtlich an.

„Wißt ihr was, Feiglinge seid ihr, Schlappschwänze. Ihr habt eben keine Courasche!"

Alfons' Gesicht verfinsterte sich. Er griff nach seinem Degen.

„Laß dein Spielzeug stecken, mein Bübchen!" fuhr ihn Veronica an, „willst du dich etwa mit mir einlassen? Ich spalte dir den Schädel, bevor du dein Ding da aus der Scheide gezogen hast."

Er ließ die Hand vom Degengriff fahren, wagte aber zu sagen.

„Wie sprichst du eigentlich mit mir, du heruntergekommene Schlampe?

Ich bin ein Edelmann."

„Edelmann ? Du wurdest im falschen Bett geboren ! Und nun bist du Edelmann, aber noch lange kein Ehrenmann."

Zu Adele hingewandt fuhr sie dann fort.

„Gnädiges Fräulein, es tut mir leid, daß ich so hart gesprochen habe, aber es ist doch die Wahrheit. Eure Angelegenheiten gehen mich zwar nichts an, aber wenn ich Euch einen Rat geben darf, dann löst das Verlöbnis mit diesem Jungen. Er ist Euer nicht würdig. Er wird Euch niemals beschützen, Euch niemals ein guter Mann sein. Er denkt nur an seine eigenes Wohlergehen. Vermutlich ist er auch auf Euer Vermögen aus. Bleibt besser unverheiratet oder geht ins Kloster. Aber nun habe ich genug geschwatzt. Ihr wollt ja nach Hause. Ich mache Euch einen Vorschlag: Fahrt mit mir, ich bringe Euch wohlbehalten zu Eurem Vater. Die drei Weichlinge da beschützen Euch nicht. Und wer weiß, ob nicht noch mehr Gesindel in der Gegend herumstreunt."

Adele zögerte kurz, bestieg dann den Wagen. Alfons warf sie zum Abschied noch einen geringschätzigen Blick zu.

Adeles Vater war ein Landadliger, der in einem eher kleinen Schloß am Ufer der Brenz unweit der Stadt Heidenheim lebte. Die Diener wunderten sich über den Bagagewagen und die seltsame Gefährtin mit der ihre Herrin zurückkehrte, benachrichtigen ihren Vater, den Freiherrn Arnold von Ellenburg. Der eilte herbei. Adele berichtete ihm unter Tränen in hastigen Worten das Geschehene. Der wandte sich dann Veronica zu.

„Habt Dank, liebe Frau. Ihr seid zwar nur niederen Standes, doch habt Ihr ehrenvoller gehandelt als mancher Edelmann. Seid Gast auf meinem Schloß."

Adele gab den Dienern einige Anweisungen, führte Veronica dann ins Haus, wies ihr ein Zimmer zu.

„Es liegt genau neben meinem Schlafgemach", meinte sie mit spitzbübischem Lächeln, „doch bevor wir zu Abend speisen, sollten wir ein Bad nehmen, den Schmutz der Straße abwaschen. Ich habe den Dienern bereits Anweisung gegeben. Kommt mit."

Sie begaben sich zur Badestube. Adele entkleidete sich, stieg in den Zuber.

„Ihr braucht nicht zu warten bis ich fertig bin. Kommt doch auch herein.

49

Es ist genügend Platz für uns beide."
Veronica folgte ihr. Adele lächelte sie an.
„Du bist schön."
Sie begann nun ihren Kopf und ihre Brüste zu streicheln.
„Berühre mich auch, scheue dich nicht."
Und so streichelten sie einander, auch an den schamhaften Körperstellen, liebkosten sich, spürten dabei Wohlbefinden.
„Sei mir nicht böse", sagte Adele schließlich, „ich brauche das nachdem mir so schändliche Gewalt angetan wurde. Und einen Mann mag ich jetzt nicht berühren."
Sie verließen das Wasser; Adele hatte frische Kleider für sich und Veronica bereit legen lassen, welche sie nun anzogen. Dann begaben sie sich zum Abendessen, das sie zusammen mit dem Freiherrn einnahmen. Der befragte Veronica nach ihren Verhältnissen, sie berichtete, verschwieg jedoch vieles was ihr zur Unehre gereichen konnte. Arnold von Ellenburg sah sie ja ohnehin als eine Frau niederen Standes an, die kein ehrbares Leben führte und so hielt sie es nicht für weise, ihn in seiner eher schlechten Meinung über sie zu bekräftigen. Er hatte sie ja ohnehin nur aus Dankbarkeit für die Bewahrung seiner Tochter vor noch größerer Schändung in sein Schloß aufgenommen.
Erst spät am Abend zogen sie sich zurück. Unmittelbar nachdem Veronica ihr Gemach betreten hatte klopfte es an der Verbindungstür zum Nachbarzimmer. Adele trat ein.
„Bitte komm zu mir, laßt uns zusammen schlafen. Deine Berührungen im Bad haben mir wohlgetan. Aber meine Seele ist noch verwundet. Heile sie. Niemand wird etwas bemerken. Ich habe auch noch Wein bereitgestellt."
Veronica folgte ihr.
„Nicht nur deine Seele ist verletzt, auch dein Körper. Der Mann hat dich vermutlich nicht nur geschändet, sondern auch besudelt. Ich habe hier ein Pulver, das verhindert, daß du schwanger wirst. Wir Huren haben da unsere Mittel. Mische es in den Wein."
Sie verbrachten diese und die beiden nachfolgenden Nächte innig miteinander. Veronica erlebte nun eine völlige neue Art körperlicher Berührungen, welche ihr ein bisher nie erlebtes Maß an Wohlgefühl brachten.
„So etwas müßte ich einmal mit einem Mann erleben. Das wäre der

50

Himmel auf Erden", dachte sie.

Dann verließen sie das Schloß des Freiherrn von Ellenburg, zogen nach
Norden. Hans, der Junge, wunderte sich darüber.
„Wir müssen vorsichtig sein", erklärte ihm die Courasche, „ich habe
diesen feigen Schnösel von Ackerheim beleidigt. Vermutlich sinnt er auf
Rache, wartet in Heidenheim, hat bereits den Amtmann des Herzogs von
Württemberg gegen uns aufgehetzt. Und ich habe keine Lust im Kerker
zu landen. Wir werden nach Aalen zurückgehen und von dort aus nach
Nördlingen weiterziehen."
In der Tat hatten es die drei Feiglinge nicht gewagt sich nach Schloß
Ellenburg zu begeben und waren nach Heidenheim weitergezogen. Dort
hatte sich Alfons in einem zweifelhaften Gasthof eingemietet, sich
allerdings nicht getraut, die Beleidigung durch die Courasche beim
Amtmann anzuzeigen, da er fürchtete, daß dann seine Schande offenbar
wurde. Er dingte daher einen Verbrecher an, den ihm der Wirt empfohlen
hatte. Und dieser erklärte sich bereit, gegen einen Lohn von dreißig
Reichstalern die Courasche zu ermorden. Dann zog Alfons von
Ackerheim nach Göppingen weiter, wo sein Vater ein Stadthaus besaß.
Er schrieb wenig später Adele einen Brief, mit dem er das Verlöbnis mit
ihr löste.

Nach einigen Tagen erreichten Veronica und Hans die Reichsstadt
Nördlingen, fanden dort Quartier. Die Geschäfte im Branntweinhandel
liefen weder gut noch schlecht, der Gewinn reichte um die nötigen
Ausgaben zu decken. Veronica dachte nun daran ihr altes Gewerbe
wieder aufzunehmen um ihre Kasse aufzubessern. In der Tat, wenn sie
sich zurecht gemacht und geschminkt hatte, dann schauten ihr die
Männer auf der Straße gierig nach. Es konnte also gute Kundschaft
erwartet werden. Doch seltsamerweise empfand sie einen bisher nie
gekannten Widerwillen gegen den einer Hure gemäßen Umgang mit
Männern. Er war es zuwider, sich gegen Bezahlung mit Freiern
einzulassen, wollte lieber hungern. Sie verstand das nicht so recht, da es
ihr doch bisher stets Freude und Genuß bereitet hatte, konnte aber die
Abneigung nicht überwinden, unterließ es daher, sich näher mit Männern
abzugeben.
Sie erinnerte sich daran, daß ihre Kostfrau sie einst im

51

Schneiderhandwerk unterrichtet hatte. Sie besann sich auf ihre Fertigkeiten in der Näherei und Stickerei, mit denen sie und ihre Kostfrau damals in Prag ihren Unterhalt verdienten. Sie kaufte Stoff, begann zu nähen, doch das Ergebnis ihrer Arbeit war unbefriedigend. Die Qualität der Erzeugnisse war eher schlecht, vornehme Frauen und Herren verschmähten sie und sie konnte die Kleidungsstücke nur für wenig Geld an Weiber und Männer aus dem einfachen Volk verkaufen, was ihr nur wenig Gewinn einbrachte. So war sie froh zu erfahren, daß die neu aufgestellte kaiserliche Armee aus Landshut aufgebrochen war und in Richtung Nordwesten marschierte, während der Reichsgraf mit seinen Truppen ihr entgegenzog. Die beiden Heere mußten zwischen Ingolstadt und Eichstätt aufeinander treffen. In Erwartung guter Geschäfte verließ sie daher Nördlingen und zog nach Osten.

Kapitel 7: Wie der Reichsgraf von Lichterau zum Markgrafen von Ansbach zog und die Schlacht bei Eichstätt gewann

Der Reichsgraf hielt sich neun Wochen in Frankfurt auf, schrieb unterdessen an den Führer der Protestantischen Union, den Herzog von Sachsen-Merseburg, bat um Anweisungen hinsichtlich der weiteren Kriegsführung. Nachdem er bereits einen Monat vergeblich auf eine Antwort gewartet hatte, entschloß er sich zum Handeln. Die Genesung der Verwundeten war mittlerweile soweit fortgeschritten, daß ein Verbleiben nahe der freien Reichsstadt nicht mehr notwendig erschien, zumal es auch immer schwieriger wurde in diesem vom Krieg verwüsteten und ausgeplünderten Gebiet das Heer zu versorgen. Hinzu kam, daß nun fast täglich geheime Depeschen eintrafen, in denen über die Vorbereitung eines neuen Kriegszuges durch den Kaiser berichtet wurde. Peter von Lichterau sandte daher eine Botschaft an den Markgrafen von Ansbach, in welcher er die Aufnahme und Versorgung seiner Armee in dessen Land erbat. Bereits wenige Tage später erhielt er die Antwort, er sei willkommen. Und so zog er mit dem Heer nach Südosten.

Der Markgraf empfing ihn freundlich.

„Euren Vorschlag, mit Euren Truppen zu uns zu ziehen habe ich mit großer Freude und Erleichterung aufgenommen", begann er als Peter von Lichterau ihn am Tage nach seiner Ankunft in Ansbach aufsuchte, „denn was bisher nur als Gerücht galt, ist nun Gewißheit. Der Kaiser läßt ein neues Heer aufstellen. Es sammelt sich bei Landshut und ich hege keinen Zweifel, daß es nach Norden marschieren wird um Franken vollständig unter die Kontrolle der Katholischen Liga zu bringen. Wir sind umringt, im Süden Bayern, im Osten das vom Kaiser beherrschte Böhmen, im Norden die Bistümer Bamberg und Würzburg. Nicht nur Ansbach ist bedroht, auch die freie Reichsstadt Nürnberg und die Markgrafschaft Bayreuth. Wir können nur eine recht kleine Streitmacht aufstellen und wären verloren gewesen. Nun können wir aber den kommenden Ereignissen getrost entgegensehen."

„Nun, getrost könnt Ihr sein", gab Peter zu bedenken, „aber seid nicht übermäßig zuversichtlich. Es stehen uns harte Kämpfe bevor und ihr Ausgang ist ungewiß. Ich bin sicher, der Kaiser sucht nun eine

Entscheidung auf dem Schlachtfeld und wird alle Kräfte aufbieten, welche ihm zur Verfügung stehen."

„Da muß ich Euch völlig zustimmen. Leider kann ich Euch kein einziges Regiment abgeben. Die Würzburger und die Bamberger verfügen zwar nicht über allzu viele Soldaten, könnten aber zu einem Einfall ermutigt werden, wenn ich die Markgrafschaft entblöße. Ich kann ich Euch allerdings einige Mittel zur Anwerbung von Söldnern zukommen lassen, welche wir zusammen mit den Nürnbergern und den Bayreuthern aufgebracht haben."

„Vielen Dank, Markgraf, diese Hilfe nehme ich gerne an."

Etwa eine Woche später erhielt der Reichsgraf ein geheimes Schreiben, welches ihn sehr überraschte. Es stammte vom Erzkanzler, welcher es als äußerst vertraulich bezeichnete und ihn inständig bat, mit keinem Dritten darüber zu sprechen und den Brief nach Kenntnisnahme umgehend zu vernichten. Er vertraue dabei auf seine Aufrichtigkeit als Mann von Ehre. Der Erzbischof teilte ihm seine Friedensbemühungen mit, die leider gescheitert seien, sicherte ihm aber in dem kommenden Konflikt nicht nur strengste Neutralität zu, sondern bot ihm auch seine Freundschaft an. Er ließ ihn wissen, er sei in den Städten seines Herrschaftsgebietes stets willkommen und er werde ihm auch Schutz und Hilfe gewähren, falls sich das Kriegsglück gegen ihn wende. Der Brief schloß mit einer Bemerkung, über die sich Peter äußerst wunderte. Der Erzbischof schrieb, er sei durch einen Disput mit einer sonderbaren Frau zu seinem Entschluß sich um Frieden zu bemühen, bewogen worden. Die Frau sei dem Reichsgrafen sicher wohlbekannt, da er, der Reichsgraf, wie sie ihm, dem Erzbischof, berichtete, mit ihr in Frankfurt ausführlich konversiert habe. Er hegte daher die Vermutung, daß sie eine Abgesandte des Reichsgrafen sei, was sie allerdings bestritten habe. Ihr Name laute Veronica von Prachatitz, üblicherweise werde sie aber Courasche genannt.

Der Reichsgraf dachte lange nach. Wer mochte diese Frau sein, welche er vom Galgen losgekauft hatte ? Der es gelang den Erzkanzler zu Friedensbemühungen zu bewegen. Sicherlich mehr als eine heruntergekommene Hure und Landstörzerin.

Er schrieb an den Erzbischof, er danke ihm für diese Mitteilung. Er habe ihr aber keine Aufträge erteilt. Sie habe zweifelsohne aus eigenem Antrieb gehandelt. Er werde nun versuchen sie im Auge zu behalten und alles, was in seiner Macht stünde, unternehmen um zu verhindern, daß ihr ein Unheil zustoße. Denn er sei sich gewiß, sie werde bei den Bemühungen um Frieden noch wertvolle Dienste leisten.

Der Aufbau der kaiserlichen Armee schritt unterdessen voran. Eine gewaltige Streitmacht entstand. In der Zahl der Soldaten wirkte sie in der Tat gigantisch. Doch die hohen Herren sahen nicht, daß es sich bei den Männern überwiegend um zusammengekauftes Gesindel aus den habsburgischen Ländern, Bayern, Welschland und aus dem Türkischen Reich nach Ungarn geflohenen Angehörigen der Balkanvölker handelte. Das Wort Disziplin kannten sie nicht, im Umgang mit Waffen in einer Schlachtordnung waren sie nur wenig geübt, die meisten ließen sich in der Hoffnung auf Beute anwerben. Zum Befehlshaber ernannte der Kaiser Ottokar, den Grafen von Tirol, ein eher unerfahrener Mann, nachdem der bayerische Generalissimus Franz von Mindelheim unter dem Vorwand, er sei aufgrund seiner angegriffenen Gesundheit den Strapazen eines Feldzuges nicht gewachsen, den Oberbefehl abgelehnt hatte und er ihn auch nicht Ludwig von Straubing, dem Verlierer der Schlacht bei Hanau, anvertrauen wollte.

Die Streitmacht sammelte sich bei Landshut, zog dann nach Nordwesten, überquerte nahe Ingolstadt die Donau.

Dem Reichsgrafen wurde das Anrücken des Heerwurmes gemeldet. Er setzte seine Truppen in Bewegung, schlug sein Lager südlich von Eichstätt auf, erwartete den Feind.

Am Abend vor der Schlacht versammelte er seine Obristen, erläuterte ihnen seine Pläne. Bevor er sie entließ erhob er noch einmal seine Stimme.

„Und noch etwas, meine Herren", er blickte dabei die Offiziere streng an, „mir wurde berichtet, es treibe sich hier eine Branntweinhändlerin herum. Man nennt sie Courasche. Niemand darf sie behelligen. Ich lasse jeden, der sich an ihr vergreift, rädern und verteilen. Merkt Euch das genau und gebt es so an Eure Hauptleute weiter, mit äußerstem Nachdruck. Sie sind mir für die Befolgung meines Befehls verantwortlich. Sagt ihnen daher, ich lasse sie hängen, wenn einer ihrer

Männer meinen Befehl nicht beachtet. Habt Ihr mich verstanden ?"
Die Männer nickten.
„Gut, dann seid Ihr entlassen."

„So streng habe ich den Reichsgrafen noch nie erlebt", meinte Oskar von Hindenbach als sie das Zelt verlassen hatten und sich auf dem Weg zu ihrem Quartier befanden, „die Courasche, dieses Lumpenstück ! Warum macht er wegen ihr solche Anstalten ?"

„Weiß ich's ?" erwiderte ein anderer, „allerdings, er hat sie vor einigen Monaten in Frankfurt vom Galgen losgekauft. Es heißt auch, sie habe sich in Bischofsheim an der Tauber mit dem Erzkanzler getroffen und mit ihm disputiert."

Der erste Obrist lachte.

„Diese Hure. Über was können die Herren mit ihr wohl disputieren. Sie fanden wohl Gefallen an ihrer Courasche."

„Das sicher auch. Das erklärt aber nicht den strengen Befehl des Reichsgrafen", wandte nun ein Dritter, der Freiherr von Mannerstein, ein, „nein, da steckt mehr dahinter. Vielleicht ist sie eine geheime Botin und hat auch jetzt einen besonderen Auftrag. Deshalb darf ihr nichts zustoßen."

Von Hindenbach zuckte mit den Achseln.

„Das ist hohe Politik, davon verstehe ich nichts. Ich führe nur Befehle aus."

Am anderen Morgen, in aller Frühe, befahl der Reichsgraf, sich mit dem Fußvolk den Kaiserlichen entgegenzuwerfen, da er es als sicher ansah, daß seine disziplinierten Soldaten trotz geringerer Zahl dem wenig geübten Gegner überlegen seien. Die Reiterei ließ er als Reserve zurück. Die Kanonen richtete er auf die Flanken, da er davon ausging, die kaiserliche Kavallerie würde versuchen sein Heer zu umzingeln.

Der Plan ging auf. Das katholische Fußvolk konnte seinen Regimentern nicht widerstehen, wich bald zurück, während seine Reiter die bereits arg zusammengeschossene Kavallerie des Feindes nun hart attackierten. Bereits gegen Mittag befanden sich die gegnerischen Soldaten auf wilder Flucht nach Süden in Richtung zur Donau hin. Da sich aber kaum Schiffe zu Überfahrt fanden, holte die protestantische Streitmacht diese bald ein und metzelte sie, da jede Rückzugmöglichkeit fehlte, gnadenlos nieder. Nur wenige entkamen. Graf Ottokar geriet in Gefangenschaft.

„Unser Sieg ist vollkommen. Die Kaiserlichen sind völlig vernichtet", erklärte Peter von Lichterau am Abend seinen Obristen voller Stolz. „Nun gilt es keine Zeit zu verlieren. Morgen, sobald es hell wird, müssen wir die Donau überqueren und dann nach München vorstoßen", warf nun der Freiherr von Mannerstein, ein, „das wird ein Spaziergang. Und wir werden gute Beute machen."

„Nein, das werden wir nicht tun", entgegnete ihm der Reichsgraf, „es ist genug Blut geflossen, es wurden genügend Ländereien verwüstet. Der Kaiser wird nun einsehen, daß er unbedingt Frieden schließen muß. Ich werde den Grafen von Tirol mit einer Botschaft zu ihm schicken."

„Aber die Männer wollen ihren Sieg auskosten, plündern, vergewaltigen, so wie sie es gewohnt sind", wandte nun Oskar von Hindenbach ein.

„Nein, ich gebiete hier. Und ich bin nicht der Hauptmann einer Räuberbande. Und Ihr, meine Herren, werdet meine Befehle durchsetzen. Wer plündert oder notzüchtigt wird gehenkt."

Nachdenklich entließ der Reichsgraf seine Obristen. Zweifelsohne hatte er sich ihren Unmut zugezogen. Das mußte ausgestanden werden. Der Krieg hatte alle verroht, vom gemeinen Soldaten bis hin zum General. Krieg, was bedeutete das für sie ? Doch nichts anderes als Schlachten schlagen, töten, plündern, verwüsten ! Wußte überhaupt noch einer von ihnen, warum und für welche Sache sie kämpften ? Und was bedeutete Krieg führen für ihn ? Die Eroberung fremder Länder ? Die Ausdehnung der Grenzen des Reiches ? Nein, darum ging es hier gar nicht. Dieser Krieg war das Ergebnis eines seit hundert Jahren schwelenden Streites um die wahre Ausübung der Religion. Dieser hatte bereits zu zahlreichen Konflikten geführt, die allerdings meist recht bald beigelegt werden konnten. Dieses Mal schien es aber, als strebe man die endgültige Lösung an. Man handelte gemäß der Überzeugung, im Reich sei kein Platz für zwei christliche Konfessionen. Eine davon müsse daher ausgemerzt werden. Doch der Kampf währte schon zu lange. Und es bestand die Gefahr, daß alles zerstört wurde, am Ende nichts mehr übrig blieb und das Reich Beute fremder Könige wurde. Der Sieg in der heutigen Schlacht schwächte nun den Gegner soweit, daß er unbedingt Vernunft annehmen und Friedensverhandlungen zustimmen mußte. So sah es der Reichsgraf jedenfalls. Man konnte dem Feind nun den eigenen Willen aufzwingen, doch durften die Bedingungen nicht zu demütigend sein, da ansonsten neuer Haß und Rachegefühle aufkeimen würden. Man erreichte zwar auf diese Weise für einige Jahre Frieden, aber nur so lange, bis der Gegner seine Schwäche überwunden und zu erneutem Zuschlagen fähig war. Das erschien nicht als eine Lösung. Ein wahrer Frieden mußte Versöhnung bringen.

Doch war es ihm unklar, welche Bedingungen gestellt und auch erfüllt werden konnten. Unter diesen Umständen erschien es ihm sinnvoll, erst einmal die Einberufung eines Reichstags vorzuschlagen, auf dem jede Seite ihre Vorstellungen und Forderungen vorbringen konnte. Die nachfolgenden Verhandlungen würden lang und schwierig werden, jedoch sollte man unbedingt beschließen, währenddessen die Waffen schweigen zu lassen.

Gewiß, es war ein kühnen Plan, welcher ihm in den Sinn kam, insbesondere für einen Reichsgrafen, der keinerlei politische Macht besaß. Jedoch glaubte er nach der siegreichen Schlacht als Führer der protestantischen Armee genügend Ansehen beim Kaiser und den Fürsten erworben zu haben, so daß diese seine Vorschläge nicht einfach beiseite legen, sondern ernsthaft prüfen würden.

Kapitel 8: Wie die Courage die Schlacht bei Eichstätt erlebte und dann nach Würzburg zog

Die Courasche und Hans näherten sich der Donau. Am Rande eines kleinen Wäldchens hielten sie an.

„Neuburg ist nicht mehr weit. Hier werden sich die Heere treffen – sehr bald, das spüre ich im Blut", begann sie, „wir werden uns soweit in den Wald zurückziehen, daß wir von der Straße aus nicht gesehen werden können, dann sattle ich eines der Pferde, begebe mich auf Kundschaft."

Bald ritt sie davon, führte auch einige Flaschen Branntwein mit sich. Kurz vor Sonnenuntergang kehrte sie zurück.

„Mein Gefühl hat mich nicht getäuscht, aber die Kaiserlichen haben bereits die Donau überquert, marschieren langsam gen Eichstätt. Die Schlacht wird sehr bald geschlagen, vermutlich schon morgen. Wir sind zu spät gekommen, große Geschäfte sind nicht mehr zu machen. Ich bin nur mit Mühe meine paar Flaschen Schnaps losgeworden, denn viele Hauptleute haben ihren Männern den Kauf von Branntwein verboten. Das ist verdächtig, bedeutet wohl, sie sollen nicht betrunken in den Kampf ziehen."

In der Morgendämmerung, noch vor Sonnenaufgang brach sie erneut auf, wandte sich erst nach Osten, dann nach Norden. Am Rande eines kleines Waldes erblickte sie einen protestantischen Offizier, der mit fünf Soldaten im Grase lagerte.

„Ein hübscher Offizier in schmucker Uniform. Und ein edles Pferd grast in der Nähe, es gehört sicher ihm, eine lohnende Beute, beide müssen mein werden."

Während sie noch überlegte, wie der kleine Trupp am besten zu überfallen sei, erhoben sich die Männer, bestiegen ihre Pferde. Auf ihre Umgebung achteten sie dabei nicht. Die Courasche nutzte die Gelegenheit, gab ihrem Gaul die Sporen, stürmte mit Geschrei auf die Soldaten los, hieb einen aus dem Sattel ehe er sich versah. Die anderen fünf packte beim Anblick der heranrasenden Furie das Entsetzen, sie glaubten wohl, der Teufel persönlich greife sie an und stoben in wilder Flucht auseinander. Die Courasche schnitt dem Offizier den Weg ab.

„Ergieb dich", rief sie ihm zu.

Der zog den Säbel, doch Veronica war schneller, hieb ihm die Waffe aus der Hand, schlug ihm dann mit der flachen Klinge gegen den Kopf. Der Offizier taumelte, stürzte aus dem Sattel. Blitzschnell warf sie sich auf den Mann, band ihm die Hände zusammen.

„Steigt auf Euer Pferd und kommt mit. Ich helfe Euch, die gefesselten Hände hindern Euch ja ein bißchen. Aber versucht nicht zu fliehen. Ich habe Eure Pistole; sie ist geladen und ich kann mit ihr umgehen."

Der Offizier gehorchte. Nach nicht allzu langem Ritt erreichten sie ihren Lagerplatz. Sie band den Gefangenen an ein Wagenrad.

„Paß gut auf ihn auf, Hans", rief sie dem Jungen zu, „ich werde mich nach weiterer Beute umsehen."

Doch bereits eine Stunde später kam sie zurück, ohne Beute.

„Die Sache steht schlecht, Hans, die Kaiserlichen weichen und die Protestanten drängen mit Ingrimm vorwärts. Sie werden bald hier sein und wir haben von ihnen wegen des gefangenen Offiziers sicher nichts Gutes zu erwarten. Wir müssen weg. Spann ein."

„Ich beeile mich, Frau Veronica."

Dann wandte sie sich dem Mann zu.

„Habt Ihr Geld?"

Er schwieg.

„Seid vernünftig und gebt Antwort, sonst muß ich Euch die Kleidung auszuziehen."

Und sie begann ihm die Hose aufzuknöpfen.

„Im Wams steckt ein Beutel", antwortete er nun, „mehr führe ich nicht mit mir."

Sie nahm ihn heraus, öffnete ihn.

„Viel scheint es ja nicht zu sein."

Sie steckte ihn ein. Hans hatte mittlerweile eingespannt. Sie nahm den Säbel des Gefangenen, der noch immer in der Scheide steckte, zu sich. Dann durchtrennte sie dessen Fesseln, bestieg rasch das erbeutete Pferd, rief ihm zu während sie bereits weg ritt.

„Die Eurigen kommen bald. Sie werden Euch sicher aus Eurer mißlichen Lage helfen."

Die Courasche und der Junge wandten sich in höchster Eile nach Westen. Erst nach etwa drei Stunden hielten sie an.

„Ich glaube, wir sind weit genug weg vom Kampfgetümmel. Verbergen wir uns in dem Wald da drüben und ruhen uns aus."

60

Sie verbrachten dort den Rest des Tages mit Nichtstun. Zwischendurch zählte sie das Geld im Beutel.
„Hundertvierundzwanzig Reichstaler. Nun ja, fett ist die Beute nicht. Aber es muß genügen."

Am nächsten Morgen zog sie erneut los.
„Vielleicht finde ich noch etwas Brauchbares", dachte sie, wies Hans an, zu bleiben und gut auf den Wagen aufzupassen.
Nach zwei Stunden erreichte sie das Schlachtfeld an der Donau. Die Protestantischen waren inzwischen abgezogen. Es bot sich ihr ein gräßliches Bild. Der Ort war übersät mit verstümmelten Leichen in blutverschmierten Kleidern. Ihre Gesichter waren meist verzerrt, von Schmerz, von Todesangst. Dazwischen lagen Schwerverwundete, die sich nicht mehr erheben konnten. Alle schienen dem Tod geweiht. Viele schrien vor Schmerzen, andere verlangten nach Wasser, manche sogar nach einem Priester. Zahllose stöhnten nur noch. Einzelne taumelnden über das Feld, redeten wirr, irrten ziellos umher als seien sie blind. Viele waren es vermutlich auch. Die Courasche begann die Taschen der Toten nach wertvoll erscheinenden Sachen zu durchsuchen. Doch bald packte sie das Grausen. Sie konnte ihre Arbeit nicht fortsetzen, hatte nur noch einen Gedanken: weg von hier. Sie bestieg ihr Pferd, ritt zurück, setzte sich neben dem Wagen auf den Boden. Die gräßlichen Bilder gingen ihr nicht aus dem Sinn. Noch stundenlang sah sie die Toten, die Verstümmelten, die Herumirrenden vor sich. Für den Rest des Tages war sie nicht ansprechbar.

Am darauffolgenden Morgen brachen sie auf.
„Wir ziehen nach Westen, bis nach Nördlingen, wenden uns dann nach Norden, nach Würzburg hin."
Gegen Mittag stießen sie auf eine Gruppe von etwa einem Dutzend Soldaten, offensichtlich versprengte Kaiserliche, die marodierend die Gegend durchstreiften. Veronica zog ein bedenkliches Gesicht.
„Wende den Wagen", raunte sie Hans zu.
Doch es war zu spät zur Flucht. Die Kerle hatten sie bereits entdeckt, stürmten auf die beiden zu. Es gelang ihr zwei von ihnen niederzustoßen, doch dann wurde sie überwältigt.
„Die Wildkatze hat zwei Kameraden ermordet. Dafür hat sie den Tod

61

verdient. Aber vorher wollen wir uns noch an ihr vergnügen", sprach ihr Anführer, ein Obrist.

Er riß ihr das Kleid vom Leib, warf sie zu Boden und vergewaltigte sie vor den Augen der Männer.

Als nun dieser seine Lust befriedigt hatte und der nächste im Rang, ein Major, sich der Courasche beizugesellen anschickte, trat der Junge heran, hielt ihm eine Büchse hin, sprach mit lauter Stimme.

„Das Pulver wirkt gegen die französische Krankheit, die Euch ohne Zweifel befallen wird. Es kostet nur zehn Dukaten. Das ist billig. Bedenkt, von welchen Qualen es Euch befreit."

Die Männer erfaßte ein furchtbarer Schreck, sie wichen zurück. Der Major ließ sofort von der Courasche ab.

„Du Teufelsweib", fluchte er, „verbreitest die Krankheit und verkaufst dann die Medizin zur Heilung."

„Packt euch !" schrie der Obrist.

Sie zogen weiter, erreichten gegen Abend ein Dorf, fanden dort Unterkunft auf einem Bauernhof, mußten allerdings in einer Scheune schlafen. Die Gewalttat am Nachmittag hatte sie tief verletzt, nicht ihren Körper, sondern ihr Gemüt. Sie war ihr so abscheulich und ekelhaft erschienen, daß sie selbst Stunden später bei dem Gedanken an das Geschehene noch fröstelte. Sie war schon öfters geschändet worden, genoß es aber meist, wenn nicht zu viele Kerle über sie herfielen. Diese Gefühl aber war völlig neu. Sie überlegte daher, ob sie nicht dem Jungen gestatten sollte als Belohnung für die Rettung vor den Vergewaltigern, ihre mißbrauchte Courasche zu trösten. Doch bald besann sie sich anders. Er sah sie wie eine Mutter an, verehrte sie, sprach sie auch stets mit Frau Veronica an. Und sie wollte keine triebhaften Begierden in ihm wecken.

Sie dachte auch an den Reichsgrafen. Sie spürte ein Verlangen nach ihm. Doch, er hatte sie vom Galgen losgekauft. Dadurch war sie ihm untergeordnet, zum Dank verpflichtet. Und es gibt zahlreiche Arten, wie man Dank ausdrücken kann oder man aufgefordert wird Dank zu zeigen, bis dahin, daß man sich genötigt fühlt sich oder seine Ehre an andere zu verkaufen. Das behagte ihr nicht, sie wollte das bißchen Ehre, das ihr verblieben war, nicht auch noch hergeben.

Sie wollte sich auch nicht einem Manne unterordnen, sondern als gleichwertig betrachtet werden.

Das erschien aber unmöglich. Dieser Gedanke tröstete sie.

Im Morgengrauen wurde sie von Lärm geweckt. Sie steckte den Kopf aus dem Scheunentor, gewahrte einen Trupp Reiter, der zweifelsohne in übler Absicht in das Dorf hinein preschte. Ohne lange zu überlegen ergriff sie ihren Säbel, stürmte ins Freie, hieb einen Angreifer aus dem Sattel, schwang sich auf dessen Pferd, stürmte den Marodeuren entgegen.

„Auf, auf, ihr Bauern ! Zeigt, daß ihr Männer seid", rief sie mit lauter Stimme.

Auf ihre Worte hin faßten die Männer Mut und ein jeder ergriff das, was ihm als Waffe dienen konnte, eine Sense, eine Mistgabel, ein Dreschflegel, eine Axt. Die Angreifer wurden rasch umzingelt und niedergemacht. Die Courasche drang auf den Anführer ein; der versuchte zu fliehen, es gelang ihm nicht. Sie erreichte ihn, hieb auf ihn ein, er stürzte am Arm verwundet zu Boden. Sie nahm ihn gefangen, führte ihn zum Dorfplatz, auf den die Bewohner die drei Räuber, welche noch lebten, bereits zusammengetrieben hatten.

„Hängt sie auf !" befahl die Courasche, „ihr tut ein gutes Werk, wenn ihr die Erde von diesem Geschmeiß befreit."

Dann wandte sie sich ihrem Gefangenen zu, erkannte in ihm den Obristen, der sie am Tag zuvor vergewaltigt hatte.

„Du wirst eine besondere Strafe erleiden", schrie sie ihn an, „du bist das Stück Kot, das mich gestern mißbrauchte."

Die Dorfbewohner blickten die Courasche entsetzt an. Sie waren einfache Leute, gewohnt zu leiden. In diesem Krieg war der Ort schon des öfteren geplündert worden und sie dachten bisher nie daran Widerstand zu leisten. Und nun hatte sie diese Furie dazu ermuntert sich zu wehren. Sie fühlten sich ein bißchen stolz ob ihres Sieges, aber auch ängstlich. Wer war dieses Weib ? Eine vom Teufel gesandte Hexe mit dem Gesicht eines Engels und mit dem Gemüt eines Rächers ? Sie schauderten. Doch dann beeilten sich einige Burschen Stricke herbeizuholen und die Strolche an den starken Ästen der Dorflinde am Halse aufzuhängen. Die Courasche betrachtete das Geschehen mit äußerster Befriedigung.

„Hol mir mein Messer", befahl sie nun dem Jungen.

Der brachte es. Sie riß dem Obristen nun die Hose herunter, ergriff sein Gemächt, schnitt es ab, warf es den in der Nähe herumstreunenden Hunden zum Fraß vor. Der Mann brüllte vor Schmerz.

„Schreie ruhig, niemand wird Mitleid mit dir empfinden", fauchte sie ihn an, „du hast es nicht verdient. Hattest du je Mitleid mit den Frauen, denen du mit deinem Teufelsding Gewalt angetan hast ? Das ist deine gerechte Strafe !"

Sie lief zum Brunnen, schöpfte Wasser, wusch ihre Hände.

Die drei Gehenkten hatten mittlerweile ihr Leben ausgehaucht.

„Schafft sie weg, verscharrt sie irgendwo im Feld. Geweihte Erde haben sie nicht verdient. Und der Kerl da mag verbluten !"

Ein paar Burschen luden die Leichen auf einen Karren.

Sie gebot dem Jungen ihren Wagen anzuspannen und verließ das Dorf. Nach einer halben Stunde erreichten einen Bach. Sie hielt an, wusch ihre Hände gründlich. Dann packte sie Brot und Wurst aus, setzte sich nieder um zu frühstücken.

Sie zogen weiter. Die Reise nach Würzburg verlief ohne nennenswerte Geschehnisse. Veronica war meist nachdenklich. Es schien ihr an der Zeit, nun wirklich ernsthafte Pläne zu schmieden, sich in einer Stadt niederzulassen und dort ein ehrbares Gewerbe zu betreiben um ihr Auskommen zu sichern. Sie dachte an das Zeugnis des Erzbischofs. Hurerei und Branntweinhandel schienen ihr keine ehrbaren Gewerbe zu sein. Die Eröffnung einer Näherei dünkte ihr immer mehr als eine gute Lösung. Die in Nördlingen gewonnenen Erfahrungen hatten ihr jedoch gezeigt, daß viele Kenntnisse und Fertigkeiten offenbar verloren gegangen waren, allerdings noch in ihr schlummerten. Sie legten deshalb oft Rast in Dörfern ein und Veronica nutzte die Aufenthalte um ihre Nähkunst zu verbessern. Vorerst stellte sie jedoch sie nur grobe Gewänder, Hemden und Hosen her, die sie für wenig Geld an Bauern verkaufte. Je mehr sie übte, desto besser fielen ihre Erzeugnisse aus.

Anfang November erreichten sie Würzburg. Sie mieteten sich bei einer Witwe ein. Veronica verfeinerte ihre Kenntnisse und bald zählten auch wohlhabende Bürger und sogar Adelige zu ihren Kunden. Das eher ruhige Leben in der Stadt bekam ihr gut, ihre Schönheit, welche während der Ereignisse des Sommers gelitten hatte, blühte wieder auf. Ein Oberleutnant der Stadtgarde umwarb sie sogar. Sie wollte aber als ehrbar gelten, wies ihn als Freier ab, hatte keine Lust ihn zu heiraten.

Doch die Beschaulichkeit währte nur wenige Monate. Die Schneiderzunft erfuhr von ihrem Wirken, sah in ihr eine lästige Konkurrentin, die zudem ihr Gewerbe ohne Genehmigung ausübte, zeigte sie bei der Obrigkeit an. Veronica wurde ins Rathaus einbestellt. Ein Amtmann erklärte ihr, sie habe ihr Geschäft umgehend einzustellen, andernfalls werde sie mit einer hohen Buße belegt und aus der Stadt gejagt. Für das erste sei man allerdings gnädig und begnüge sich mit einer Strafe von fünfzig Reichstalern. Wohl oder übel mußte sie sich fügen. Sie fragte allerdings, was ihr nun genau verboten sei, Kleider zu nähen oder ihre Erzeugnisse zu verkaufen.

„Was du in deiner Kammer zusammenflickst, das ist mir gleichgültig", antwortete der Amtmann, „aber wenn du versuchen solltest das Zeug auf dem Marktplatz zu verkaufen oder Kundschaft deine Wohnung aufsucht, dann trifft dich das Gesetz."

„Was werden wir nun tun ?" der Junge schaute sie betreten an als sie zurückkam, „bleiben wir hier ?"

Veronica schüttelte den Kopf.

„Auf keinen Fall. Wir werden weiterziehen sobald der Winter vorüber ist. Für einige Zeit reicht unser Geld noch. Notfalls verkaufe ich das bei Eichstätt erbeutete Pferd. Ich habe auch noch einige Sachen zu nähen."

Ein paar Wochen später sprach sie den Jungen abends an.

„Falls du noch Angelegenheiten in der Stadt zu erledigen hast, dann tue es umgehend. In zwei oder drei Tagen werden wir aufbrechen."

„Und wohin gehen wir ?"

„Wir wenden uns nach Erfurt. Der Erzbischof hat mir das Recht erteilt, mich in einer seiner Städte niederzulassen und ein ehrbares Gewerbe auszuüben. Da können mir die Zünfte nichts anhaben. Und auch sonst ist Erfurt keine schlechte Wahl, denn in Thüringen ist die Courasche noch wenig bekannt. Wir werden allerdings nicht den direkten Weg nehmen, sondern zuvor Hanau aufsuchen. Ein reicher Kaufmann aus dieser Stadt hat Kleidung bei mir bestellt, hat sie auch bereits bezahlt. Ich muß sie nun abliefern."

„Wenn Ihr das Geld bereits habt, Frau Veronica", wandte Hans nun ein, „was hindert Euch daran, den direkten Weg zu nehmen. Die Kleider könntet Ihr doch unterwegs verkaufen."

Die Courasche blickte ihn zornig an.

„Merke dir eines, Bursche. Es ist durchaus ehrenhaft anderen zu schmeicheln, ihre Gier zu wecken, sie zu verführen um ihnen das Geld aus dem Beutel zu ziehen. Aber ein gegebenes Wort darf man niemals brechen. Das ist unehrenhaft, niederträchtig."

Sie verließen früh am nächsten Tag Würzburg, erreichten am Nachmittag Marktheidenfeld, übernachteten außerhalb des Städtchens, begaben sich, sobald es hell war auf die alte Handelsstraße durch den Spessart nach Aschaffenburg.

Kapitel 9: Wie der Reichsgraf von Lichterau den Grafen von Tirol mit einer Friedensbotschaft zum Kaiser schickte, Heinrich von Liebau über seine Gefangennahme berichtet und der Reichsgraf sein Heer nach Wertheim führte

Zwei Tage nach der Schlacht bestellte Peter von Lichterau den Grafen von Tirol zu sich.

„Ihr kennt Eure Lage, Graf. Euer Heer ist vernichtet. Ihr seid in meiner Gewalt. Ich könnte nun ein hohes Lösegeld fordern. Aber das liegt nicht in meiner Absicht. Ich werde es Euch erlassen, wenn Ihr mir einen Dienst erweist."

„Euch einen Dienst erweisen ? Was bedeutet das ? Ich bin Euer Gefangener. Ihr könnt mir befehlen."

„In diesem Falle nicht. Ihr müßt nicht nur eine Order ausführen, sondern sie, falls gefordert, auch dem Kaiser gegenüber vertreten."

„Um was geht es ?"

„Ich habe mich entschlossen dem Kaiser eine Botschaft zu schicken. Man kann es auch eine Aufforderung nennen. Er soll nun endlich Verhandlungen über einen Friedensschluß aufnehmen. Als Kaiser hat er die Pflicht seine Kraft dem Wohlergehen des Reiches zu widmen, nicht seinen Untergang anzustreben. Ist er dazu nicht bereit, dann hat er seinen Thron verwirkt. Ich bin entschlossen diesen schändlichen Krieg zu beenden, auch gegen den Widerstand aller Kräfte, die eine Fortsetzung wünschen. Ihr reist zum Kaiser. Ihr habt drei Wochen Zeit mir eine Antwort zu bringen. Falls er jedoch weiterhin jede Verhandlung verweigert, werde ich mit meinem Heer nach Wien marschieren. Ich denke, die Genehmigung der Protestantischen Union zu diesem Feldzug werde ich bis dahin erhalten."

„Mir bleibt keine andere Wahl", gab nun Graf Ottokar zu, „ich zweifele aber; der Kaiser wird nicht auf mich hören, wenn ich als geschlagener Feldherr vor ihn trete."

Der Reichsgraf lächelte.

„Ihr verkennt Eure Lage. Ihr werdet nicht als Feldherr vor ihn treten sondern als Bote. Und vor allem ist der Kaiser geschlagen, macht ihm das klar. Es ist mein fester Wille diesen unseligen Krieg zu beenden. Dieser Sieg gibt mir die nötige Macht hierfür und ich werde den Sieg nutzen. Der Kaiser wird zweifelsohne seinen Thron verlieren, wenn er nicht zu Verhandlungen bereit ist."

„Und Ihr wollt Euch wohl an seine Stelle setzen ?" fragte der Graf von Tirol unsicher.

Peter von Lichterau schüttelte den Kopf.

„Wer dann den Thron besteigt bestimmen die Kurfürsten, nicht ich."

Er schwieg kurz.

„Ihr werdet den Brief an den Kaiser bis zum Abend erhalten. Morgen früh brecht Ihr auf. Sucht Euch derweil ein Dutzend Männer, die Euch begleiten und Euch auf Eurer Reise beschützen."

Damit beendete er die Unterredung, entließ Graf Ottokar.

„Sei mir gegrüßt, Heinrich", sprach Peter freundlich, als sein alter Freund aus der Jugendzeit, Heinrich von Liebau, am folgenden Vormittag das Zelt betrat.

„Ich wollte mich nur von dir verabschieden", entgegnete dieser, „ich werde mit meinem Regiment ins Schwäbische marschieren, der Herzog von Württemberg fürchtet einen Einfall der Franzosen."

„Daran glaube ich nicht. Aber die Truppenverlegung ist mit der Führung der Protestantischen Union vereinbart. Und mir ist es ganz recht, wenn ich ein Regiment weniger zu versorgen habe."

„Ja, das war ein großartiger Sieg, der wohl den Krieg entschieden hat. Die Franzosen werden nun stillhalten, denke ich."

Peter von Lichterau grinste.

„Dir wird die Schlacht aber wohl in schlechter Erinnerung bleiben ? Gefangen genommen, von einer Frau."

„Ach, schweig doch", entgegnete dieser zerknirscht, „gefangen genommen von einer Frau ! Das machte mich ja fast zum Gespött der gesamten Armee. Aber war sie eine Frau ? Sie sprengte wie eine Furie unter uns, wie eine Braut des Satans. Ich sage dir, sie war eine Hexe. Gegen die konnte selbst der Tapferste nicht bestehen, auch du nicht."

„Eine Hexe", schmunzelte Peter, „wohl voller Runzeln, mit krummer Nase und Warzen im Gesicht ?"

„Nein, sie war hübsch, hatte langes braunes Haar, klare, blaue Augen, lächelte stets keck. Und sie hatte eine kleine Narbe unterhalb des Kinns."

Der Reichsgraf horchte auf. Diese Beschreibung paßte nur auf eine einzige Frau.

„Erfuhrst du ihren Namen ?"
„Der Junge nannte sie Frau Veronica."
Der Reichsgraf lachte.
„Nun, dann war sie keine Hexe, eher eine zweite Penthesilea, nur nicht so jungfräulich ! Man nennt sie auch Courasche; und ich sage dir, ihrer Courasche kann keiner widerstehen."
„Spotte nicht ! Kennst du sie etwa ?"
„Freilich, ich habe sie doch vor einem halben Jahr in Frankfurt vom Galgen losgekauft. Ich bin daher auch ein bißchen schuldig an deinem Unglück. Ich schenke dir eines meiner Pferde. Und deinen Beutel ersetze ich dir auch. Wieviel Geld befand sich darin ? Eine Hexe ist sie jedenfalls nicht. Oder glaubst du ich hätte eine Hexe vor dem Tode bewahrt ?"
„Vielleicht hat sie dich verhext."
„Verhext nicht, eher verzaubert."
„Das ist doch das Gleiche."
„Für dich vielleicht, aber für mich ist verhexen etwas Böses, verzaubern etwas Schönes."
Er schwieg kurz.
„Du fragst dich sicher, warum ich sie vom Galgen losgekauft habe. Weißt du, kluge und tapfere Frauen hängt man nicht, obwohl es die Pfäffischen gerne tun."
Heinrich lachte leicht bitter.
„Insbesondere dann nicht, wenn ihre Courasche in allen Regimentern bekannt ist."
Peter grinste.
„Nun, wir wollen nicht streiten. Sie hat dich ja auch gleich wieder frei gegeben."
„Ja, es stand bald schlecht um die Sache der Kaiserlichen. Und da wollte sie wohl nicht zwischen die Fronten geraten, das verfluchte Luder."
„Gräme dich nicht. Es ist vergessen."
Heinrich verabschiedete sich.

Peter von Lichterau lehnte sich zurück.
„Veronica ! Du bist schon ein Teufelsweib. Aber eines Tages wirst du mir gehören."
Er überlegte, ob er sie nicht zu sich bestellen solle, verwarf den

69

Gedanken aber bald.

„Die Zeit ist noch nicht gekommen."

Eine gute Woche später erhielt von Lichterau Order mit seinem Heer nach Norden zu ziehen, in der Gegend von Wertheim Quartier zu nehmen und dort weitere Entscheidungen abzuwarten.

Der Marsch verlief ohne Schwierigkeiten, alledings sehr zum Ärger des Bischofs von Würzburg, dessen Gebiet die Armee durchquerte und sich schließlich noch größtenteils auf seinem Territorium niederließ. Es sah sich nun genötigt hohe Kontributionen zur Versorgung der für ihn noch immer feindlichen Truppen zu leisten. Der Groll, den er gegen den Reichsgrafen von Lichterau ohnehin hegte, schwoll zum Haß an. Er sah aber keine Möglichkeit zur Stillung seines Rachedurstes etwas gegen ihn zu unternehmen, solange er im Schutze seiner Soldaten stand. Und einen Meuchelmörder wollte er nicht dingen, denn das erschien ihm zu unsicher.

Kapitel 10: Wie der Reichsgraf von Lichterau nach Frankfurt aufbrach und unter welchen Umständen er unterwegs die Courasche wieder traf

Die Botschaft des Reichsgrafen an den Kaiser, welche der Graf von Tirol übersandte, verfehlte ihre Wirkung nicht. Ein lebhafter Austausch von Depeschen setzte ein. Trotz der winterlichen, grimmigen Kälte durchquerten Boten ständig das gesamte Reich. Verhandlungen zwischen Protestanten und Katholiken setzten ein. Der Reichsgraf fand in Wertheim kaum Ruhe. Oft saß er bis spät in die Nacht in seinem Schreibzimmer, studierte bei Kerzenlicht Depeschen, Forderungen der Fürsten, Entwürfe für Friedensregelungen.

Größere Schlachten fanden in diesem Winter nicht statt. Lediglich, meist auf linksrheinischem Gebiet, lieferten Soldaten lokaler Herren, verstärkt durch Söldner, die von dem Kardinal in Paris bezahlt und entsandt wurden, den Truppen des Herzogs von Württemberg, des Markgrafen von Baden und des Kurfürsten von der Pfalz, kleinere Scharmützel. Ziel dieser verräterischen Herren war es, verlockt durch Versprechungen aus Paris, vom Reich unabhängig zu werden und sich Krone Frankreichs zu unterstellen. Jedoch gelang es, nicht zuletzt dank der tapferen Männer Heinrich von Liebaus, nicht nur diese Abtrünnigen in Schranken zu weisen, sondern auch in einem kühnen Gegenstoß die Stadt Metz von der Franzosenherrschaft zu befreien.

Mitte Februar erreichte den Reichsgrafen ein Schreiben des Kaisers an alle Fürsten, in dem er zu einem Reichstag in Frankfurt einlud, auf welchem der Friede beschlossen werden sollte. Peter von Lichterau sagte dem Kaiser umgehend seine Unterstützung zu, schlug darüber hinaus vor, daß während des Reichstages die Waffen schweigen sollten. Drei Wochen später hatten die wichtigsten Reichsfürsten ihre Zustimmung erteilt und so konnte der Beginn des Reichstages bereits auf den Montag vor Ostern festgesetzt werden.

Am Nachmittag vor der Abreise nach Frankfurt bestellte Peter von Lichterau den Burgvogt, Ritter Kuno von Kaltenbach, zu sich.
„Wir werden morgen kurz vor Sonnenaufgang aufbrechen. Laßt alle Vorbereitungen treffen, Ritter von Kaltenbach. Die Pferde sollen

gesattelt sein, der Begleitschutz bereitstehen, ebenso wie die Packpferde, beladen mit Proviant für einen Tag."

„Ihr gedenkt Frankfurt in einem Tag zu erreichen? Das ist unmöglich, es sei denn Ihr reitet wie der Teufel."

„Nein, wir werden in Aschaffenburg nächtigen. Der Reichstag zur Aushandlung des Friedens beginnt erst in sechs Tagen. Es bleibt also genügend Zeit."

„Bis Aschaffenburg? Auch das ist eine tüchtige Strecke, den Main entlang bis Miltenberg und dann nordwärts."

„Wer sagt denn, daß wir nach Miltenberg reiten wollen? Nein, wir werden den Spessartwald durchqueren."

„Den Spessartwald? Davon muß ich Euch dringend abraten. Dort wimmelt es von Räubern. Und außerdem", der Burgvogt zögerte etwas, „Ihr müßt das Gebiet des Bischofs von Würzburg durchqueren. Er ist Euch feindlich gesinnt, er wird Euch auflauern; die dichten Wälder bieten genügend Gelegenheiten für einen Hinterhalt."

„Der Bischof hat sich bisher nicht gerührt; ihn brauche ich nicht zu fürchten."

„Bedenkt, hier liegt Euer Heer und der Graf ist Euch wohlgesonnen. Im Spessartwald seid Ihr aber alleine."

„Was heißt alleine? Zwanzig Reiter begleiten mich, ausgesuchte Männer. Und woher sollte der Bischof wissen, daß wir morgen früh aufbrechen?"

„Seid nicht so unbesorgt! Seine Kundschafter schwirren überall umher, auch wenn Ihr sie nicht seht. Ich bin sicher, er kennt bereits Eure Pläne. Wählt den Umweg über Miltenberg. Das ist sicherer."

„Soll ich mich etwa vor dem Bischof verkriechen? Nein, wir reiten nach Norden. Der Weg ist zwar zunächst recht schlecht, aber für Reiter gangbar. Bei Rohrbrunn stoßen wir aber dann auf die Handelsstraße von Würzburg nach Frankfurt. Sorgt dafür, daß die Fähre bereit steht und wir rasch den Main überqueren können."

„Jawohl, Reichsgraf."

Kuno von Kaltenbach verabschiedete sich.

Sie brachen in der Morgendämmerung auf.

„Es wird ein schöner Tag werden, Reichsgraf. Ich spüre es in den Knochen", meinte der Leutnant, welcher die kleine Truppe befehligte, als sie über den Main fuhren.

Es bestand kein Grund zur Eile. Sie ließen ihre Pferde im Schritt oder in leichtem Trab laufen, um sie nicht unnötig zu ermüden, erreichten nach etwa vier Stunden Rohrbrunn. Kurze Zeit später vernahmen sie Hufgetrappel. Eine Reiterschar preschte aus dem Wald hervor.

„Tötet die protestantischen Hunde", brüllte der Anführer.

Ein wilder Kampf entbrannte. Der Reichsgraf und seine Männer wehrten sich tapfer. Eine größere Schar Reiter fiel über Peter her, drängte ihn von seinen Begleitern ab. So sah er sich bald von zahlreichen Feinden umringt. Seine Lage wurde bedenklich. Zwei stieß er zwar aus dem Sattel, doch die anderen drangen ungestüm auf ihn ein. Er gab sich schon verloren, denn es schien unmöglich dieser Übermacht zu widerstehen. Doch, in höchster Not, fand er unerwartete Hilfe. Ein einzelner Reiter sprengte heran und bevor die Schergen des Bischofs ihn überhaupt wahrnahmen, trennte er Zweien den Kopf vom Rumpf und stieß einem dritten so heftig mit dem Säbel in die Seite, daß dieser tot vom Pferd sank. Der Reichsgraf faßte nun neuen Mut, schlug einem Angreifer das Haupt ab, während der Fremde einen weiteren mit seinem Säbel durchbohrte. Voller Entsetzen flohen die beiden noch lebenden Feinde. Angesichts des Todes ihrer Genossen und des ungestümen Angriffs des Fremden verloren die Soldaten des Bischofs, welche die Begleiter Peters bekämpften, den Mut, zumal sie auch selbst etliche Tote und Verwundete zu beklagen hatten. Sie ließen von den Mannen des Reichsgrafen ab und suchten das Weite.

„Diese Schlacht wäre geschlagen", rief Peter seinen Soldaten zu, „aber ohne die Hilfe des Fremden wäre es uns übel ergangen."

Er wandte sich dem Retter in der Not zu.

„Wer seid Ihr eigentlich ?"

Der Fremde schlug seine Kapuze zurück und Peter erblickte zu seinem Erstaunen eine Frau, die ihm ein spitzbübisches Lächeln zuwarf. Der Reichsgraf erstarrte.

„Veronica ! Ihr seid es ?"

Sie schwieg, lächelte.

„Ihr habt mir das Leben gerettet ! Wie kann ich Euch danken ? Darf ich Euch die Füße küssen ?"

Lachend schüttelte sie den Kopf.

„Nein, Reichsgraf, das verlange ich nicht von Euch, zumal ich sie seit

73

drei Tagen nicht mehr gewaschen habe."

Nun lachte auch er.

„Steigt wenigstens vom Pferd, damit ich Euch umarmen kann."

Er tat es, küßte sie. Sie setzten sich ins Gras, während die Soldaten ihre verwundeten Kameraden verbanden.

Vier Männer hatten allerdings den Überfall mit dem Leben bezahlt.

„Euch schickte der Himmel", begann er nun, „aber sagt mir, wie seid Ihr hierher gekommen."

„Vermutlich hatte der Himmel wirklich seine Hand im Spiel. Wißt Ihr, ich betreibe jetzt einen Schnapshandel, bin mit einem Jungen, der mein Gehilfe ist, von Würzburg nach Hanau unterwegs. Vor etwa zwei Stunden stießen wir auf eine Gruppe Bewaffneter, welche am Straßenrand lagerten. Wir boten ihnen Branntwein an, doch sie wollten nur wenig trinken, was mir verdächtig erschien. Wir zogen weiter. Einige Zeit später überholten sie uns, redeten laut miteinander, ich schnappte einige Worte auf, aus denen ich schloß, daß sie im Auftrag des Bischofs von Würzburg den verhaßten Reichsgrafen vom Leben in den Tod befördern sollten. Ich dachte sofort an Euch, da in Würzburg bekannt war, daß Ihr mit Eurem Heer bei Wertheim lagert und in diesen Tagen zum Reichstag nach Frankfurt reisen wolltet. Ich spannte also eines der Pferde aus, ritt ihnen nach. Den Rest wißt Ihr ja."

Sie saßen nun nebeneinander, lächelten einander an, wirkten fast wie zwei Verliebte, welche sich nach langer Trennung wiedersehen.

Wenig später näherte sich ein Planewagen, der von einem etwa fünfzehn Jahre alten Jungen gelenkt wurde.

„Das ist Hans, mein Gehilfe", Veronica atmete erleichtert auf, „ich fürchtete schon, die Männer des Bischofs hätten ihn getötet, aber vermutlich haben sie ihn auf ihrer Flucht gar nicht wahrgenommen."

„Wir ziehen weiter nach Aschaffenburg. Schließt Euch uns an. Wer weiß, ob die Bischöflichen sich nicht wieder sammeln und Euch dann überfallen werden um Rache zu nehmen. Sie werden annehmen, daß Ihr uns geholfen habt."

„Ich, eine Frau ?"

„Nun, vielleicht hat einer die Courasche erkannt. Wie dem auch sei, sicher ist sicher."

Veronica willigte ein; dabei glitt ein Lächeln über ihr Gesicht.

Kapitel 11: Wie aus der Courasche die Gräfin Veronica von Prachatitz wurde

Sie erreichten Aschaffenburg am späten Nachmittag, fanden gastliche Aufnahme.

„Ich brauche zwei Zimmer, für mich und meine Geheimschreiberin. Sie sollten in unmittelbarer Nachbarschaft liegen."

„Eure Geheimschreiberin ?"

„Ja", Peter deutete auf die Courasche, „Gräfin Veronica von Prachatitz."

„Gräfin Vero ... ?"

Der Kastellan stutzte. Der Reichsgraf lachte.

„Sie sieht ein wenig zerzaust aus. Wir wurden im Spessartwald überfallen. Es war ein harter Kampf, der Spuren hinterließ. Ihr habt doch sicher eine Badestube ? Und besorgt bitte frische Kleider für die Gräfin, Ihr Gepäck ging leider verloren."

Nachdem Veronica ihren Körper gründlich gereinigt hatte, suchte Peter die Badestube auf. Dann ließen sie sich auf ihre Zimmer führen. Die Räume lagen in der Tat nebeneinander, waren durch eine Tür verbunden.

„Praktisch", meinte Veronica lakonisch.

Als es dunkel wurde holte der Kastellan die beiden zum Abendessen ab, das sie zusammen mit dem Sekretär des Erzbischofs, Franz von Eichhorn einnahmen, welcher sich zu der Zeit zwecks Inspektion der Mainzer Besitzungen entlang des Mains im Schloß aufhielt.

„Ich freue mich, Eure Gastfreundschaft genießen zu dürfen, Herr von Eichhorn."

„Und für mich ist es eine hohe Ehre, Euch hier auf dem Schloß zu begrüßen, Reichsgraf."

„Es verlangt die Höflichkeit, daß ich Euch zunächst meine Begleiterin vorstelle", Peter wandte sich zu Veronica hin, „Gräfin Veronica von Prachatitz, meine Geheimschreiberin."

Veronica verzog das Gesicht. Von Eichhorn runzelte die Stirn.

„Eure Geheimschreiberin, Reichsgraf ? Man munkelt in der Stadt von einem Überfall durch Soldaten des Bischofs von Würzburg und einer geheimnisvollen Retterin."

Der Reichsgraf lachte.

„Ich denke, ich bin Euch eine Erklärung schuldig. Die edle Frau ist Tochter eines böhmischen Grafen. Nach dem Tode ihres Vaters wurde sie von ihren Brüdern um ihr Erbe betrogen und vertrieben. Ich lernte sie kurz nach der Schlacht in Eichstätt kennen, wohin sie sich in den Schutz der Kirche begeben hatte. Ich erfuhr von ihren Fähigkeiten, und da mein Geheimschreiber ernstlich erkrankt war und nicht mit uns gen Wertheim ziehen konnte, nahm ich sie in meinen Dienst. Von Prachatitz ist natürlich nicht ihr wirklicher Name. Den hat sie abgelegt, aus Verbitterung über die elende Behandlung durch die Familie."

„Aus Böhmen, sagt Ihr? In Eichstätt in den Schutz der Kirche begeben? Dann ist sie doch Katholikin. Und Ihr seid Protestant. Ihr nehmt eine Anhängerin der Römischen Kirche zur Geheimschreiberin?"

Der Reichsgraf lächelte.

„Es ist Zeit Frieden zu schließen. Ich bin doch heute abend auch Gast des Erzbischofs."

Der Sekretär nickte.

„Da habt Ihr völlig recht. Aber verzeiht, wenn ich weiter frage. Eines paßt mir nicht so recht zusammen. Verzeiht, es soll kein Mißtrauen gegen Euch sein, jedoch, ich bin ein Mann, der die Klarheit liebt. Eure Soldaten erzählten in der Stadt von dem Überfall, sprachen mit Nachdruck davon, sie hätte Euch bei dem Überfall der Würzburger das Leben gerettet."

Der Reichsgraf schmunzelte.

„Das stimmt. Die Gräfin ist schließlich für ihre Courasche bekannt."

Veronica schaute Peter böse an, von Eichhorn bemerkte dies aber nicht.

„Aber die Männer kennen natürlich nicht die Wahrheit", fuhr von Lichterau dann fort, „sie sollten sie auch nicht kennen. Eine Kriegslist, versteht Ihr. Sie ist eine Edelfrau, sie konnte doch nicht auf einem Pferd nach Frankfurt reiten wie ein Soldat. Und der Weg, den ich ich bis Rohrbrunn nehmen wollte, ist für eine Kutsche kaum passierbar. Daher beschloß ich, sie schon gestern in einem Planewagen nach Marktheidenfeld zu schicken, von wo aus sie heute in der Frühe auf der Handelsstraße nach Aschaffenburg aufbrechen sollte. Nur ein Junge begleitete sie. Ich ging davon aus, daß die Bischöflichen einer Marketenderin nicht zuleide tun würden. Und die berüchtigten Räuberbanden treiben ihr Unwesen erst nördlich von Rohrbrunn. Dort sollte sie aber zu unserer Truppe stoßen. Unterwegs begegnete sie allerdings den Würzburgern, ahnte, was sie vorhatten und eilte uns zu Hilfe. Ihre Courasche ist eben nicht zu bremsen."

Von Eichhorn blickte Veronica ehrfürchtig an.

„Meine Hochachtung, edle Frau."

„Vielen Dank, Herr von Eichhorn. Es ist mir eine Ehre dieses Lob aus Eurem Mund zu hören", erwiderte sie leicht säuerlich.

„Ach, bevor ich es vergesse", warf nun Peter ein, „die Maskerade ist ja jetzt nicht mehr notwendig. Könntet Ihr mir zur Weiterreise eine Kutsche für die Gräfin zur Verfügung stellen."

„Selbstverständlich Reichsgraf."

Sie zogen sich dann bald zurück. Kaum hatte Peter sein Zimmer betreten, da klopfte es an der Zwischentür.

Auf ein 'Herein' betrat Veronica den Raum.

„Ich habe Euch erwartet. Setzt Euch. Mögt Ihr Wein ? Wir sollten auf unser Wiedersehen trinken, liebe Veronica", sagte er freundlich, „für mich war der heutige Tag der glücklichste meines Lebens."

Sie bejahte. Er schenkte ein. Doch anstatt das Kompliment mit einem Lächeln zu beantworten, verfinsterte sich ihr Gesicht.

„Ich muß Euch sprechen, Herr", begann sie nun, „wie kamt Ihr eigentlich dazu mich als eine Gräfin und Eure Geheimschreiberin auszugeben ? Das, was Ihr gegenüber dem Sekretär vorbrachtet, war doch die ärgste Räubergeschichte, die ich je gehört habe. Das war nicht recht."

„Als was hätte ich Euch denn sonst ausgeben sollen ? Etwa als die Branntweinhändlerin Courasche ? Das wäre doch eine ungeheure Herabwürdigung Eurer Person gewesen."

„Warum ? Bin ich denn etwas anderes ? Und was wird morgen sein, wenn ich mit meinem Planewagen durch die Stadt fahre ? Eine Gräfin als Schnapsmarketenderin ? Bin ich nicht schon als Schacherin, Betrügerin und Hure verrufen genug ? Müßt Ihr mich auch noch als Hochstaplerin brandmarken ?"

„Wieso Hochstaplerin ? Ihr seid doch die Tochter eines böhmischen Grafen."

„Eine illegitime Tochter !"

„Wilhelm der Eroberer war auch ein illegitimer Sohn des Herzogs der

Normandie."

„Ich weiß, man nannte ihn auch Wilhelm den Bastard. Aber er war ein Mann. Und er erkämpfte sich sein Erbe."

„Dann solltet Ihr auch kämpfen."

„Wie sollte ich das ? Ich kenne doch noch nicht einmal den Namen meines Vaters."

Peter streichelte ihr übers Haar.

„Nein, Ihr werdet morgen nicht als Schnapshändlerin Courasche aus der Stadt fahren, sondern in einer Kutsche als Gräfin von Prachatitz. In Hanau dürft Ihr dann wieder in Euren Planewagen steigen, wenn Ihr es unbedingt wünscht. Aber ich würde es begrüßen, wenn Ihr das nicht tätet."

„Sondern ?"

„In der Kutsche mit nach Frankfurt fahren."

„Nach Frankfurt ? Habt Ihr vergessen, daß ich dort am Pranger stand, gehängt werden sollte ?"

„Das war die Courasche, nicht die Veronica von Prachatitz."

„Sie werden mich erkennen !"

„Ihr habt nichts zu befürchten, die Begnadigung ist rechtsgültig."

„Und Ihr ? Euer Ruf wird schwinden, wenn bekannt wird, daß Ihr Euch mit einer Soldatenhure umgebt. Ihr werdet mich verleugnen."

Peter schüttelte den Kopf.

„Ich werde die Courasche verleugnen, nicht Euch."

„Was meint Ihr damit ?"

„Ich werde abstreiten, daß Ihr die Courasche seid."

„Stellt Euch das nicht so einfach vor. Es gibt keine Gräfin von Prachatitz. Das konntet Ihr dem Sekretär weismachen. Aber auf dem Reichstag werden auch Vertreter der böhmischen Stände anwesend sein. Die wissen das."

„Das habe ich auch nicht behauptet. Ich sagte bloß, Ihr hättet Euren richtigen Namen abgelegt und Euch diesen Namen zugelegt."

„Das hilft nichts ! Wer glaubt denn das Märchen von einem Erbschaftsstreit und meiner Vertreibung. So etwas gab es nicht in den vergangen Jahren in Böhmen. Das wissen doch alle !"

Sie schwieg eine Weile.

„Man weiß in Frankfurt doch, daß Ihr die Courasche von Galgen freigekauft habt. Und sie werden denken, jetzt kommt er mit ihr zurück und gibt für eine Gräfin aus. Und wenn das ruchbar wird, dann ist Euer Ruf doch ruiniert. Sie werden mit Fingern auf Euch zeigen ! Und was werdet Ihr dann tun ? Ihr braucht es mir nicht zu sagen. Ihr werdet erklären, ja, natürlich ist sie die Courasche. Ich habe mir einen Scherz erlaubt. Ihr verleugnet mich einfach und verstoßt mich dann. Ich bin ein Rabenaas, eine Dirne, das habe ich nie abgestritten. Aber ich bin auch ein Mensch, der trotz aller Schlechtigkeit noch einen Rest an Würde besitzt. So darf man mich nicht behandeln. Das ist Unrecht."

Sie begann zu weinen. Peter nahm sie in den Arm.

„Warum sollte ich Euch verleugnen, in den Kot stoßen ? Euch, meine Retterin ? Wie sollte ich dann vor Gottes Gericht bestehen ?"

„Gottes Gericht ? Das ist doch fern ! Ihr müßt zuvor erst einmal vor den Menschen bestehen. Wie wollt Ihr das ? Denkt an Euren Ruf ! Sie werden mit Fingern auf Euch zeigen !"

„Der Ruf ist Tand ! Eher gebe ich alle meine Ämter auf, verzichte auf den Titel 'Reichsgraf' und ziehe mich auf meine Güter zurück, bevor ich Euch verleugne. Und es spielt keine Rolle, ob Ihr mit mir kommt oder nicht. Eher gebe ich meinen Ruf auf als meine Ehre."

Veronica blickte ihn ungläubig an, während er versuchte ihre Tränen zu trocknen. Er lächelt dann.

„Ihr wart heute tapfer. Eure Courasche hat eine Belohnung verdient."

Sie schaute ungläubig.

„Ich liebe Wortspielereien, denkt nicht das, was Ihr jetzt vielleicht annehmt. Aber es ist Eure Entscheidung. Ihr habt bis Hanau Zeit."

Er schwieg, trank seinen Becher leer.

„Es ist spät geworden. Wir sollten jetzt schlafen gehen."

Veronica begab sich auf ihr Zimmer, legte sich aufs Bett, dachte lange nach. Welches Spiel trieb der Reichsgraf ? Ihr fielen mehrere Szenarien ein, doch sie fand keine befriedigende Lösung. Irgendwann schlief sie ein.

Auch Peter lag noch lange wach. Veronica faszinierte ihn, noch nie war ihm eine wundervollere Frau begegnet, keine der adeligen Edelfrauen konnten sich mit ihr messen. Aber warum ? Es war nur ein unbestimmtes Gefühl, einen wirklichen Grund konnte er nicht angeben. Sie war zweifelsohne eine Herumtreiberin, eine Schlampe, nach außen hin völlig verkommen. Aber tief in ihrem Innern nistete verborgen der göttliche

Funke. Und den hatte er erblickt. Es blieb ihm keine Wahl. Trennten sie sich in Hanau, so würden sie sich vermutlich nie mehr begegnen. Also mußte sie mit nach Frankfurt ziehen. Ob man sie dort als Courasche erkannte war zwar nicht gewiß, mußte aber ernsthaft in Betracht gezogen werden.

Trotz ihrer Vergangenheit wünschte er sie sich als Frau. Und ihr bisheriger Lebenswandel würde sicherlich irgendwann aufgedeckt, ob in Frankfurt, ob in seiner Reichsgrafschaft oder anderswo. Unter diesen Umständen erschien es ihm als das Beste, wenn dies recht bald geschah. Zweifelsohne würden dann Stürme über sie und ihn hereinbrechen, die gemeistert werden mußten. Doch danach winkte das Glück, ein Leben frei von Furcht. Verheimlichte er ihre Vergangenheit, so blieb die Angst vor der Entdeckung, eine Angst, welche an der Seele nagte und dem Genuß des Glückes abhold war.

„Nein", schloß er schließlich, „dieser Strauß muß ausgefochten werden, so bald wie möglich."

Kapitel 12: Wie der Reichsgraf von Lichterau und die Edelfrau Veronica von Prachatitz Frankfurt erreichten und ihre erste Nacht miteinander verbrachten

Man brach zeitig am Morgen auf, erreichte Hanau gegen Mittag, nahm dort Quartier. Veronica suchte den Kaufmann auf, lieferte die Ware ab. Hans blieb in Aschaffenburg zurück. Er wollte Erkundigungen über eventuell noch lebende Verwandte einholen und auch sein Erbe sichern. Er erfuhr, daß ein Oheim, von dem er bis dato nichts wußte und der jahrelang unterschiedlichen Herren als Musketier diente, sich vor einigen Monaten in Alzenau niedergelassen habe. Ihm sei auch der Bauernhof seiner Eltern übergeben worden um ihn treuhänderisch zu bewirtschaften, bis der verschwundene Sohn, der angeblich mit einer Marketenderin in die Welt gezogen war, wieder auftauche. Da Hans aber keine Legitimation besaß, wurde ihm bedeutet, daß er das Erbe nur dann übernehmen könne, wenn der Oheim ihn als Neffe anerkenne. Etwas beunruhigt ritt er nach Alzenau, denn der ihm unbekannte Oheim konnte ihn leicht verleugnen um das Erbe an sich zu reißen. Doch der begrüßte ihn freundlich, versprach, daß er alles tun werde um ihm seine Rechte zukommen zu lassen.

Am Abend suchte Veronica Peter auf.
„Verzeiht, Herr, daß ich Euch so lange habe warten lassen. Ich brauchte die Zeit um einen Entschluß zu fassen. Ihr kennt meine Bedenken. Aber ich verstehe auch Euer Begehren."
Sie lächelte.
„Seid mir nicht böse, Reichsgraf. Aber ich durchschaue Euch. Ihr habt mit Euren Soldaten den Sieg erkämpft, aber nun muß zwischen den verfeindeten Parteien der Frieden ausgehandelt werden. Und jede Seite hat ihre eigenen Forderungen, möchte für sich das Beste herausschlagen. Und Ihr habt vermutlich ganz andere Vorstellungen, sitzt nun zwischen den Stühlen. Da nutzt Euch ein Heer nicht viel. Ihr braucht jemanden, der Euch stützt, der Euch zur Seite steht. Und deshalb wollt Ihr mich als Beraterin."
Sie musterte seine Gesichtszüge, konnte weder Verärgerung noch Zustimmung erkennen.

„Jagt mich davon", fuhr sie dann fort, „wenn ich Euch nun erzürnt habe. Aber bedenkt eines: Ihr benötigt eine Beraterin, die klug und ehrlich ist, keine, die Euch nach dem Mund redet, sondern Euch auch einmal widerspricht, wenn es notwendig erscheint. Ich habe genügend Schlimmes gesehen und erlebt, will zum Frieden beitragen, was in meinen Kräften steht. Jedoch bin ich keine Speichelleckerin. Ich werde mit Euch ziehen, trotz aller Widrigkeiten, welche mich wohl in Frankfurt erwarten, wenn Ihr es nach meiner Rede noch wünscht. Die Entscheidung liegt jetzt bei Euch."
Das Gesicht des Reichsgrafen hellte sich auf.
„Eure Rede war offen und frei von jeder Heuchelei. Ich erkenne, ich habe die richtige Wahl getroffen."

Veronica und Peter von Lichterau erreichten Frankfurt am Nachmittag des folgenden Tages. Sie bezogen ein geräumiges Stadthaus, begannen sich einzurichten. Am Abend trafen sie sich zum Essen.
Kaum war die Tafel abgeräumt, so meldete ein Diener einen Besucher.
„So spät noch?" wunderte sich der Reichsgraf.
„Verzeiht, Herr, aber es scheint sich um eine sehr dringende Angelegenheit zu handeln. Der Mann insistiert auf einen Besuch."
Peter blickte Veronica an.
„Was kann denn so wichtig sein?"
Sie zuckte mit den Achseln.
„Gut, laß ihn herein."
Wenig später erschien ein älterer, wohlbeleibter Mann in der Türe - der Bürgermeister, Horst von Stecken.
„Verzeiht die späte Störung, Reichsgraf; ich freue mich, Euch in meiner Stadt begrüßen zu dürfen."
„Hätte das nicht Zeit bis morgen gehabt, Herr Bürgermeister?"
„Nein, Reichsgraf, das duldete keinen Aufschub! Ich mußte Euch unbedingt meine Aufwartung machen. Ihr seid der große Held, der Mann, der Frieden bringen wird. Nein, ich konnte nicht warten."
„Herr Bürgermeister, entschuldigt, wenn ich das so frei daher sage. Hier versammeln sich die Großen des Reiches, aber ich gehöre nicht dazu. Ich bin nur ein Heerführer im Dienste der Protestantischen Union, der jederzeit abberufen werden kann. Ich habe keine Macht ..."
Der Reichsgraf unterbrach seine Rede, da er bemerkte, daß der

Bürgermeister Veronica wahrgenommen hatte und sie nun entgeistert anstarrte.

„Entschuldigt meine Unaufmerksamkeit", fuhr er nun fort, „darf ich Euch meine Geheimschreiberin, die Edelfrau Veronica von Prachatitz, vorstellen."

„Veronica von Prachatitz ?" dachte der Bürgermeister, von einer Edelfrau dieses Namens hatte er noch nie gehört. Aber sah sie nicht einer Person ähnlich, mit welcher er eine ungute Erinnerung verband ? Doch er konnte nicht näher darüber nachdenken, da ihn von Lichterau nach dem Stand der Vorbereitungen des Reichstags, welcher in drei Tagen beginnen sollte, fragte und er sich verpflichtet fühlte, ihm ausführlich Antwort zu geben. Nach etwa zwei Stunden verabschiedeten sie sich. Auf dem Nachhauseweg fand der Bürgermeister Zeit um über die Frau nachzudenken. Wer war sie ?

„Die Courasche, niemand anders als die Courasche !" fiel es ihm irgendwann blitzartig ein. Ja, sie war die Frau, die er auf Druck des Reichsgrafen vom Galgen freigegeben hatte, was ihm den Unmut der Ratsherren zutrug. Denn sie warfen ihm vor, das Urteil der Richter eigenmächtig und willkürlich außer Kraft gesetzt zu haben. Nur unter Aufbietung aller Intrigenkünste und der Verteilung großzügiger Bestechungsgelder konnte er es verhüten, mit Schimpf und Schande aus dem Amt gejagt zu werden. Obwohl Veronica daran keine Schuld trug, da ihn der Reichsgraf zu dem Schritt genötigt hatte, richtete er seinen Haß auf sie, da von Lichterau zu hoch über ihm stand um Zielscheibe seiner Rachsucht zu werden. Und er überlegte, wie er sie verderben könne.

Veronica und Peter ahnten nichts von den Gedanken des Bürgermeisters, auch wenn sie kurz nachdem er gegangen war anmerkte.

„Ich fürchte mich ein bißchen vor dem Bürgermeister, er hat böse Augen. Wahrscheinlich hat er mich erkannt, will mir Schlechtes antun."

Peter versuchte sie zu beruhigen.

„Ihr seid meine Geheimschreiberin, haltet Euch somit in offizieller Mission in der Stadt auf. Ihr untersteht meinem Schutz und damit auch dem des Kaisers. Niemand darf es wagen Übles gegen Euch im Schilde zu führen."

83

Sie zogen sich bald zurück, verabschiedeten sich, aber nicht für lange, denn schon bald suchte Peter Veronica in ihrem Gemach auf, welches neben dem seinen lag und mit ihm durch eine Seitentür verbunden war. Veronica erschrak. Sie hatte keineswegs mit diesem Besuch gerechnet, sich bereits fast völlig entkleidet, wollte gerade ihr Nachtgewand anlegen. Peter setzte sich auf ihr Bett, winkte sie zu sich. Zögernd folgte sie seinem Befehl. Er betastete sie.

„Dein Körper wirkt so frisch wie der einer Jungfrau", sagte er lächelnd. Ihr Gesicht verfinsterte sich.

„Ihr meint wohl, eine Hure muß verbraucht aussehen, abgenutzt, wie ein seit Jahren getragenes, aber nie gepflegtes Kleidungsstück."

Peter umarmte sie, küßte sie. Widerwillig ließ sie es sich gefallen.

„Verzeiht mir. Ich wollte Euch nicht beleidigen", versuchte er sie zu beruhigen, „ich meine nur, Ihr seht wundervoll aus. Kann man das erwarten nach alldem, was Ihr durchgestanden habt ? Ich spreche jetzt nicht von den Männern, denen Ihr Eure Gunst gewährt habt. Ich spreche von den Kriegszügen, denen Ihr gefolgt seid, den Mühen, den Entbehrungen, den Krankheiten, dem Hunger, dem Regen, der Kälte, all diesen schlimmen Umständen, denen Ihr ausgesetzt wart. Und trotzdem habt Ihr, wie es scheint, nicht nur an Eurer Seele und Eurem Geist, sondern auch an Eurem Körper keinen Schaden genommen. Ihr seid nicht zerbrochen, abgesunken in den Kot der Welt, nicht untergegangen. Nein, das seid Ihr gewiß nicht. Und warum nicht ? Weil Gott Euch erhalten, zu etwas Besonderem auserkoren hat."

Veronica blickte ihn leicht säuerlich an.

„Ihr schmeichelt mir, wollt mich beruhigen. Seid Ihr denn nicht gekommen um Eure Lust an mir zu befriedigen ? Am Tage Geheimschreiberin und Beraterin, in der Nacht Mätresse; ist das nicht Euer Ziel ?"

Peter runzelte die Stirn.

„Ich begehre nichts, was Ihr mir nicht zu geben bereit seid."

Veronica schaute ihn mit leicht kecken Blicken an.

„Ich bin nicht zu müde. Nun, ich frage Euch aber, soll ich Euch als Freier empfangen oder als Geliebten ?"

Peter zuckte mit den Achseln.

„Was wollt Ihr damit sagen ? Wißt Ihr, ich möchte nicht als Freier kommen, der lediglich Euren Leib genießen möchte, sondern als Mann,

84

der Euch Liebe schenken will. Einander Liebe zu schenken, das ist Gottes Wille. Und wenn dabei gewisse Lüste gestillt werden, dann ist dies nichts Ungebührliches. Ich halte es für eine Gabe Gottes, die Fähigkeit zu besitzen engstes Zusammensein zu genießen. Man muß sich nur stets bewußt sein, daß die Liebe das wichtigste ist, nicht die Begierde."

Veronica blickte ihn skeptisch an.

„Wenn Ihr mich wirklich liebt, dann solltet Ihr mich nicht wie eine Mätresse behandeln. Ich habe mit vielen Männern Umgang gehabt. Liebe hat für mich keiner empfunden, und ich auch nicht für einen von ihnen. Bei Euch ist das etwas anderes. Ich möchte von Euch geliebt werden, wirklich geliebt. Doch ich stehe tief unter Euch. Wenn Ihr jetzt mit mir schlaft, werde ich stets das Gefühl haben, nichts weiter zu sein als Eure Mätresse, Eure Dirne. Versteht Ihr das? Gebt mir Zeit zu erkennen, daß ich für Euch etwas anderes bin als ich es für die Männer war, mit denen ich bisher Umgang hatte. Versteht Ihr mich?"

„Ja, ich verstehe dich voll und ganz. Ich werde deinen Wunsch respektieren, aber eine Gunst mußt du mir gewähren. Deine Nähe tut mir wohl. Ich sehne mich nach der Wärme deines Leibes. Ich möchte dich streicheln, küssen und mich an dich schmiegen. Darüber hinaus werde ich nichts von dir verlangen."

Veronica überlegte kurz.

„Deine Worte gefallen mir. Und wenn sie wahr sind, dann wird meine Liebe zu dir bald in voller Blüte stehen. Ich bleibe heute nacht bei dir. Ich werde mich auch nicht wehren, wenn du mit mir schlafen willst. Damit zeigst du mir dann allerdings, daß deine Worte nur Schall und Rauch waren und ich für dich nichts anderes bin als eine Hure. Befriedige dich an mir, wenn es deine Lust stillt. Aber ich werde dich dann morgen früh verlassen – für immer."

Als Veronica am nächsten Morgen erwachte fühlte sie sich in eine andere Welt versetzt. Noch nie hatte sie eine Nacht mit einem Manne so genossen, obwohl es nicht zu intensiven Kontakten zwischen beiden gekommen war und dabei hatte sie so viele Nächte mit vielen Männern verbracht.

Es war eine völlig neue Erfahrung, fast unheimlich, gespenstisch. Sie dachte nach und es fiel ihr ein, daß sie sich anfangs mit 'Ihr' und 'Euch' anredeten und dann plötzlich zum vertraulichen 'Du' gewechselt hatten. Sie befühlte ihren Körper, stellte fest, daß er sein Wort gehalten und sie nicht im Schlaf mißbraucht hatte, empfand nun den dringenden Wunsch mit ihm zu schlafen. Doch dann überlegte sie es sich anders.

„Es ist nicht gut, wenn die Lust über den Verstand triumphiert", sagte sie sich, „gestern abend habe ich ihm eine lange Predigt gehalten und nun soll ich gerade das Gegenteil begehren ? Wie wird er darüber denken ? Mich für ein Luder halten, das mit ihm spielen will ? Eine, die ihre Späße mit ihm treibt ? Er wird sich dann das nehmen, was er bekommen kann, mich hinterher verachten. Nein, das werde ich nicht tun. Er soll mir erst zeigen, daß er mich wirklich schätzt."

Kapitel 13: Wie einst die Courasche ihr Jungfernkränzlein verlor, ihren Namen erhielt und was hernach geschah

„Du bist eine tapfere Frau", begann Peter als sie am nächsten Abend bei einem Glas Wein zusammensaßen, „aber den Namen Courasche magst du nicht, wie mir scheint. Dabei könntest du doch stolz auf ihn sein."
Veronica schüttelte den Kopf.
„Nein, das bin ich ganz und gar nicht, er bedeutet nicht das, was du meinst."
„Sondern ?"
Es lag etwas Heuchelei in seinen Worten, denn er hatte bereits seit langen gerüchteweise vernommen, was dieser Name wirklich bedeutete. Aber er wollte es aus ihrem Mund hören, wollte wissen, wie sie diesen Namen erhalten hatte.
Veronica lächelte.
„Das ist eine lange Geschichte. Als die Kaiserlichen damals unsere Stadt, Prachatitz, stürmten, befürchtete meine Kostfrau, die Soldaten könnten mich schänden und verkleidete mich daher als Jungen. Ein Reiter griff mich auf, nahm mich mit, wollte mich zum Stehlen abrichten, doch sein Rittmeister meinte, ich sei hierfür nicht geeignet. Er nahm mich als Pagen an, gab dem Reiter einen seiner Pferdejungen. Und so geriet ich in die Welt der Männer, der Soldaten. Ich paßte mich ihnen an, lernte das Saufen, das Fluchen, das Reiten, das Raufen und den Umgang mit Waffen. Der Krieg machte mir Spaß. Ich beteiligte mich an den Kämpfen, den Überfällen, machte Beute. Der Rittmeister war mit mir zufrieden. Eines Tages geriet ich mit einem Burschen in Streit. Wir prügelte uns. Plötzlich griff er mir zwischen die Beine in den Hosenschlitz, wollte mich an einer empfindlichen Stelle packen. Doch da war nichts. Er grinste unverschämt. Ich wurde wütend, da ich fürchtete, er würde es verraten, drosch auf ihn ein, daß ihm Hören und Sehen verging, ließ erst von ihm ab als er versprach, darüber zu schweigen. Konnte ich aber sicher sein ? Ich traute ihm nicht und beschloß daher meinem Rittmeister reinen Wein einzuschenken. Der wußte bereits von dem Kampf, wies mich barsch zurecht. Der Gegner, warf er mir vor, sei so übel zugerichtet, daß er wohl eine Woche im Krankenlager verbringen müsse und fragte dann, warum ich so heftig auf ihn eingeschlagen hätte.

'Er hat mir an meine Courasche gegriffen', antworte ich trotzig. Ihr wißt, ich habe eine gute Erziehung genossen, zierte mich daher einen unflätigen Ausdruck zu gebrauchen. 'Deine Courasche, was ist das ?' fragte er belustigt. 'Nun ja', antwortete ich, 'er faßte mir zwischen die Beine in den Hosenschlitz um mir an einer empfindlichen Stelle weh zu tun. Aber er griff ins Leere, da war nichts. Ich bin doch eine Frau.' 'Du wüster Bursche willst eine Frau sein ?' Er schien mir nicht so recht zu glauben, wollte meine Worte überprüfen, meine Courasche in Augenschein nehmen. Ich gehorchte seinem Befehl, legte meine Kleider ab und er meinte, Gott habe sich bei meiner Erschaffung die allergrößte Mühe gegeben. Und er fuhr dann fort, es sei wohl an der Zeit Gottes Werk seiner Bestimmung zuzuführen. Ich erklärte ihm, ich überließe ihm gerne diese ehrenvolle Aufgabe, wenn er sich bereit erkläre mich zu heiraten, denn ansonsten handele es sich um ein sündiges Treiben. Solche Handlungen seien nur in der Ehe gestattet, aber mir genüge bereits ein Eheversprechen um mich frei von Sünde zu fühlen; was er mir dann auch ohne zu zögern gab. Ich hatte ohnehin nicht vor, mein Jungfernkränzlein auf Dauer zu behalten, so erschien es mir als ein glücklicher Umstand, es unter diesen günstigen Bedingungen ablegen zu können. Und meine Courasche freute sich darüber, endlich die ihr von Natur aus zugedachte Bestimmung mit Genuß erleben zu dürfen. Es wäre also aller Grund zur Zufriedenheit gegeben gewesen. Doch leider sind Versprechungen und deren Einhaltung zweierlei Dinge. Mein Rittmeister zögerte die Heirat immer wieder hinaus, löste sein Versprechen erst ein, als er aufgrund einer schweren Verletzung, welche er in der Schlacht bei Neusohl erlitten hatte, in Preßburg auf dem Totenbett lag. Es bedurfte auch eines Priesters um ihm klarzumachen, daß sein Treiben mit mir ohne Eheschließung vor seinem Ableben vor Gottes Gericht als Todsünde gewertet werde und ihm daher eine ewige Verdammnis drohe. Ich will jetzt nicht behaupten, daß er ein gläubiger Mensch war und die Furcht vor der Höllenstrafe ihn zu seinem Entschluß veranlaßte. Eher nehme ich an, daß er dachte, mit der Eheschließung keine längerfristige Verpflichtung einzugehen, da er ohnehin bald sterben werde und es für ihn von keiner Bedeutung sei, ob er mich als Mätresse oder Witwe zurücklasse. Eine nennenswerte Erbschaft überließ er mir auch nicht. Das einzige war der Name. Er hatte Gefallen an dem Wort Courasche gefunden, nannte mich bald zu meinen

Ärger vor seinen Männern so, lachte bloß, wenn ich mich darüber beschwerte. Ich hätte ihm bestimmt eine Kugel durch den Kopf gejagt, wäre da nicht die Hoffnung gewesen, daß er mich doch noch heiraten würde."

Sie pausierte kurz, nahm einen Schluck Wein.

„Ich zog nach Wien, mietete mich bei einer Frau ein, welche als ehrbar galt. Daß sie in Wirklichkeit eine Kupplerin war, die ihre beiden Töchter an Männer verschacherte, erfuhr ich erst nach einigen Wochen. Und so lernte auch ich Männer kennen, vornehmlich ehrenwerte, reiche Herren. Anfangs zierte ich mich, schob vor, als Witwe enthaltsam im Trauerstand leben zu müssen. Doch konnte ich lange um einen Mann trauern, mit dem ich nur wenige Tage verheiratet war und der mir diesen furchtbaren Namen verpaßt hatte ? Nein, ich war jung und heißblütig. Außerdem schwand mein Vermögen dahin, obwohl ich sparsam wirtschaftete. Und so verband ich das Nützliche mit dem Angenehmen. Ich war hübscher und wohlgestalteter als die Töchter der Vermieterin und so konnte ich über Freier nicht klagen. Und die Herren beschenkten mich großzügig für die Gunst, welche ich ihnen gewährte. Denn billig verkaufte ich mich nicht. So begann es. Und was damals seinen Anfang nahm, setzte sich eben fort. Du magst jetzt sagen, ich hätte mich ja ändern können. Vielleicht wäre das unter anderen Umständen auch möglich gewesen. Doch der Krieg und die Gewohnheiten, die er mit sich brachte, verhinderten dies. Ich schlug nirgends Wurzeln, blieb heimatlos. Mein Eheglück, wenn es sich einmal einstellte, du mußt wissen, ich traf nicht immer eine gute Wahl, währte stets nur kurz. Ich war auf mich alleine gestellt, ohne Schutz, mußte zusehen, wie ich zurecht kam. Und dann beherrschte mich auch die Leidenschaft. Und so wurde ich das, was ich bin – die verrufene Courasche."

„Nein, das bist du nicht mehr", wandte Peter nun ein, „du bist jetzt Veronica von Prachatitz. Die Courasche ist tot."

„Was heißt tot ? Vielleicht schläft sie nur."

„Nein, sie soll nie wieder auferstehen. Das verspreche ich dir. Und ich werde mein Versprechen halten."

Er küßte sie.

„Ich liebe dich. Und niemand außer dir selbst kann diese Liebe zerstören. Das wäre aber unklug von dir."

Sie streichelte ihn.

„Das hast du jetzt schön gesagt. Ich werde mir Mühe geben. Aber der Name Courasche wird weiterhin an mir haften."

„Er wird verblassen. Und ich werde dazu beitragen, was in meinen Kräften steht."

Sie leerten ihre Gläser, begaben sich zur Ruhe.

Kapitel 14: Wie über den Frieden verhandelt wurde

Am Abend nach der ersten Versammlung des Reichstages saßen Veronica und Peter beim Essen zusammen.

„Ich bin neugierig", begann sie, „wie war es ?"

Peter wiegte den Kopf.

„Was kann man schon am ersten Tag erwarten ? Es saßen sich zwei Parteien feindselig gegenüber. Vorwürfe wurden ausgetauscht, Schuldzuweisungen vorgebracht. Es muß bereits als Erfolg angesehen werden, daß die Herren nicht ihre Waffen zogen und aufeinander einschlugen."

„Wurden denn keine Vorschläge vorgelegt ?"

„Vorschläge vorgelegt ? Was erwartest du eigentlich ?"

Peter blickte sie scheel an.

„Ja", entgegnete sie, „wie soll denn über den Frieden verhandelt werden, wenn keine Bedingungen und Forderungen gestellt werden ? Es herrschte lange Krieg, er hat viele Opfer gekostet und jede Partei möchte doch nun gewisse Forderungen erfüllt sehen, sozusagen als Zeichen, daß sich der Krieg gelohnt hat."

„Nun ja, eine Entscheidung wurde getroffen. Während der Friedensverhandlungen sollen die Waffen schweigen."

„War das nicht bereits vereinbart ?"

„Es wurde darüber gesprochen, es gab auch vage Zusagen. Doch heute wurde der allgemeine Landfrieden verkündet. Und jeder, der ihn bricht, verfällt der Reichsacht. Das ist doch ein guter Beginn."

„Zugegeben", antwortete Veronica, „aber wie geht es nun weiter ?"

Peter von Lichterau zuckte mit den Achseln.

„Man ist zusammengekommen um über den Frieden zu beraten. Das ist alles. Einen Friedensplan gibt es nicht."

„Der ist aber unbedingt notwendig."

„Das sagst du so dahin. Und ich muß dir recht geben. Es wurden ja in den vergangenen Monaten auch viele Depeschen hin und her geschickt, Vorschläge eingebracht. Aber noch ist nichts geordnet, zu einem Dokument zusammengefaßt, über das verhandelt werden kann, von keiner Partei. Da wird noch einige Zeit vergehen, viel Wasser den Main hinabfließen, wie man sich hier in dieser Stadt ausdrückt. Aber ich denke, du hast dir bereits Gedanken darüber gemacht und einen Plan entwickelt. Sprich also."

„Ich bin nur eine Frau, deren Ansichten unter Männern nicht zählen."

Der Reichsgraf lachte.

„Du bist ein Luder. Du hast dir schon etwas zurechtgelegt. Deine Worte sind der Köder. Und du erwartest, daß ich anbeiße. Doch ich sage dir: ich beiße gern an. Was ist also Sache ?"

Veronica lächelte.

„Es geht um das Reich, es darf nicht zum Spielball fremder Mächte werden. Alles andere ist zweitrangig. Die innere Zersplitterung des Reiches muß beendet werden. Ohne eine grundlegende Neuordnung des Reiches wird es keinen dauerhaften Frieden geben. Es braucht einen starken Kaiser. In allen Ländern herrscht der König. Nur im Deutschen Reich bestimmen die Fürsten, zwingen dem Kaiser ihren Willen auf. Wie lange ist es bereits her, daß das Reich einen starken Kaiser hatte, der die Fürsten unter seine Gewalt zwang !"

Sie überlegte zum Schein.

„Mir fällt Friedrich von Schwaben ein. Das ist jetzt bald fünfhundert Jahre her. Seitdem sind die Kaiser nur noch Puppen der Fürsten, die an Fäden hängen und von ihnen gelenkt werden. Das muß sich ändern. Brecht die Fürstenmacht und vor allen Dingen, brecht die Macht der Pfaffen. Die Bischöfe brauchen keine weltliche Herrschaft, sie sollen sich um die Gläubigen kümmern."

„Brechung der Fürstenmacht ! Wie stellst du dir das vor ? Es sind doch die Fürsten, welche bei den Verhandlungen das Wort führen. Sie werden die Forderungen stellen. Sollen sie auf alles verzichten ?"

Veronica lächelte, sagte lediglich „Ja".

„Wie stellst du dir das vor ?" fragte Peter nach einiger Zeit des Schweigen erneut.

„Es ist doch ganz einfach", entgegnete Veronica, „es geht um das Reich. Niemand will die Fürsten in den Staub stoßen. Aber sie müssen den Kaiser als ihren obersten Herren anerkennen und ihm dienen, nicht ihrem Eigennutz. Ansonsten ist der Frieden bedeutungslos."

Sie schwieg kurz, nahm einen Schluck Wein.

„Ich bin nur eine Frau, im Rat der Männer nicht zugelassen. Aber du bist es. Ich sage dir, was ich tun würde, wenn ich ein Mann wäre, an deiner Stelle stünde. Du mußt nicht auf mich hören, denke aber über meine

Worte nach."

„Und was schlägst du vor ?"

„Die Zersplitterung muß beendet werden. Wir brauchen nicht Dutzende kleiner Herrschaften. Zwölf Kurfürstentümer genügen vollkommen: nämlich Sachsen, Thüringen, Brandenburg, Mecklenburg, Engern, Westfalen, Lothringen, Franken, Schwaben, Bayern, Böhmen, Österreich. Die freien Reichsstädte sollten, von wenigen abgesehen in die Kurfürstentümer eingegliedert werden. Und die Kurfürsten sollten den Reichsrat bilden, der direkt unter dem Kaiser steht. Die Kurfürstentümer sollten zwecks besserer Verwaltung in kurfürstliche Ämter unterteilt werden, als kurfürstliche Amtmänner können die Grafen, Barone, Herren und wie sie sich alle nennen dienen. Ihre Ländereien können sie ja behalten, aber eben nicht selbständig verwalten. Verschwinden müssen allerdings die pfäffischen Herrschaften."

„Das wird schwer durchzusetzen sein. Die Bischöfe werden sich mit aller Macht dagegen wehren ?"

„Welche Macht haben sie denn noch ? Und die mächtigen Fürsten werden das unterstützen, da sie sich davon einen Zugewinn erhoffen."

„Du hast doch sicherlich noch mehr Pläne im Kopf ?"

„Freilich, ich hatte viel Zeit zum Nachdenken. Aber für heute soll es genug sein. Begeben wir uns zur Ruhe. Nur eines sollst du dir merken. Ich kann dir nur Ratschläge geben, verhandeln mußt du. Und vor allen Dingen. Du darfst nicht alle Vorschläge gleichzeitig einbringen."

Einige Tage später saßen sie abends am Kamin zusammen.

„Die Verhandlungen sind noch nicht weit gediehen", begann Peter, „es herrscht noch immer keine Klarheit über die Forderungen. Niemand will auch so richtig das Wort ergreifen. Ich habe den Eindruck, viele fürchten sich Mut zu zeigen, aus Angst, sie könnten sich Feindschaften zuziehen. Es liegt wohl daran, daß sie sich eifersüchtig beäugen und alle glauben, daß sich jeder nur auf Kosten der anderen bereichern will. Schon der Vorschlag man brauche eine starke Kaisermacht, stieß auf keine Gegenliebe."

Veronica lächelte.

„Zeige du Mut, gib nicht auf, komme immer wieder auf dieses Thema zurück. Dein Stand ist dein Vorteil. Du bist Reichsgraf, verzeihe mir, wenn ich sage, nur Reichsgraf. Ich möchte damit ausdrücken, du besitzt kein großes Territorium, in der Reichspolitik nur wenig Einfluß. Du bist aber der Sieger der Schlachten von Hanau und von Eichstätt. Das gibt dir Ansehen. Vermeide es den Eindruck zu erwecken, eigennützig zu handeln und daß deine Vorschläge darauf abzielen dich zu bereichern. Wenn dir das gelingt, werden sie dich als ehrlichen Mittler ansehen. Dann werden dir beide Parteien zuhören, über deine Worte nachdenken. Und zeige vor allem auf dem Reichstag Mut, den gleichen Mut wie auf dem Schlachtfeld."

„Und du meinst, sie werden auf mich hören ?"

„Mit Sicherheit nicht sofort. Im Gegenteil, viele werden dir widersprechen. Du mußt hartnäckig sein, darfst nicht aufgeben. Du weißt doch, steter Tropfen höhlt den Stein. Hebe immer wieder hervor, daß das Reich das Wichtigste ist. Und es braucht eine starke Klammer. Blicke zurück. Gelang es nicht Heinrich von Sachsen, nachdem er die Herzöge unter seine Herrschaft gezwungen hatte, als König eines einigen Reiches die Ungarn zu besiegen und das Joch der Tributpflicht abzuschütteln ? Die untereinander zerstrittenen Herzöge waren dazu nicht in der Lage gewesen, mußten stets die Raubzüge des wilden Volkes aus dem Osten ertragen. Heißt es nicht auch in der Bibel, daß ein Reich, das mit sich selbst uneins ist, nicht bestehen kann und verwüstet wird ?"

„Das ist leicht gesagt, aber die Vorstellung eines einigen Reiches steckt nicht in den Köpfen der Fürsten. Sie denken nur an ihre eigene Macht, wollen ihre eigenen Herren sein, nur einen schwachen Kaiser über sich haben, der ihre Herrschaft nicht einschränkt. Sie würden eines kleines Vorteils willen selbst jede benachbarte Grafschaft den Franzosen, Schweden oder Türken ohne Bedenken überlassen."

„Es gibt noch einige Punkte", begann Veronica an einem anderen Abend, „ich meine die Gewährung der Religionsfreiheit. Alle Menschen sollten ihre Konfession frei wählen können. Das bedeutet aber auch, daß die weltlichen Gesetze, also die kaiserlichen und kurfürstlichen über den pfäffischen stehen müssen. Und mit der Aufhebung der geistlichen Herrschaften muß auch ein Ende der Hexenprozesse einhergehen. Verbietet sie einfach, Hexenwahn ist Glaubenswahn, nichts weiter."

Sie schwieg kurz.

„Damit bin ich aber noch nicht am Ende. Eine andere Forderung ist die

Aufhebung der Leibeigenschaft; das Reich profitiert nicht davon. Die Leibeigenschaft ist nicht gottgewollt, veranlaßt die Junker und den niederen Adel nur zur Willkür. Das ist nicht im Interesse des Reiches oder der Kurfürsten."

„Hier wird der Großteil des Adels Widerspruch einlegen, da auch die protestantischen Stände betroffen sind."

„Das ist mir völlig klar, es geht um Vorteile, um Macht, um alte Rechte und Privilegien. Doch ihr müßt auch eines bedenken, weite Teile des Reiches sind zerstört, die Bevölkerung wurde ermordet, die Ländereien liegen nun brach. Wer wird sie in Zukunft bewirtschaften ? In vielen Territorien ist doch mehr als die Hälfte des Volkes tot. Sollen die Äcker nun Unkraut tragen oder Korn ? Es ist doch sinnvoller dieses Land Bauern zu geben, welche in unfruchtbaren Gegenden hausen und kaum vom Ertrag ihrer Äcker leben können. Ihre Herren verlieren doch nichts, wenn diese Armseligen fortgehen. Im Gegenteil, sie können das verlassene Land dann unter die Zurückgebliebenen verteilen und ihnen eine bessere Lebensgrundlage geben und somit zu Wohlstand verhelfen. Wohlhabende Untertanen können mehr Steuern zahlen als arme."

„Das ist durchaus richtig, erfordert aber Einsicht, die bei vielen nicht zu erwarten ist. Du mußt wissen, weißt es sicher auch, wenn sich eine Ansicht im Kopf festgesetzt hat, dann ist es schwierig sie zu ändern. Viele sind taub gegen Argumente, mögen sie auch noch so vernünftig sein."

„Den Adeligen muß man klar machen, daß sie nichts weiter sind als die Erben der alten Herrenschicht und sie sich daher des Erbes als würdig erwiesen müssen. Ihre Ahnen waren Männer, welche aufgrund ihrer geistigen Fähigkeiten und ihrer Tapferkeit zu Führern aufgestiegen sind. Und sie als deren Nachkommen müssen sich nun des Erbes als würdig erweisen, sonst verlieren sie ihren Anspruch Führer zu sein."

Ein Lächeln überglitt ihr Gesicht.

„Ich weiß nicht, ob es sich so abgespielt hat, vermutlich rissen ihre Ahnen auch die Macht mit brutaler Gewalt an sich. Aber so genau muß man das nicht sagen. Wir wollen sie ja nicht verprellen. Sie werden auch keine Not leiden müssen. Ich habe das gesamte Reich durchstreift; am wohlhabendsten waren die Fürsten dort, wo das Land blühte, es den Untertanen gut erging. Das ist auch ganz klar. Aus einem armen Land kann ein Fürst nicht viel herauspressen. Bei den Pfaffen liegen die

95

Verhältnisse anders. Denen müssen wir die Macht nehmen. Sie fühlen sich als die von Gott Begnadeten, sagen, ihr Wille sei der Wille Gottes. Sie wollen die Menschen klein und in Abhängigkeit halten. Deswegen haben sie die Sünden erfunden. Sie sagen, alle Menschen seien Sünder, seien schuldig, müssen daher demütig sein. Doch sie selbst lachen darüber, sind oft die größten Sünder. Viele von ihnen lieben die Völlerei, fressen, saufen, huren. Aber die arme Magd, die vom Bauer verführt und geschwängert wurde, verteufeln sie, stellen sie an den Pranger. Das ist doch die Wahrheit. Wie oft habe ich es mitangehört, daß Pfaffen Güte, Nächstenliebe predigten, die Gläubign aufforderten ihr Hab und Gut mit den Armen zu teilen. Aber sie selbst verpraßten das meiste Geld, das ihnen gegeben wurde, gaben den Bedürftigen nur die Krümel. Sie fraßen das Fleisch und verteilten die Brühe, in der es gekocht worden war, an die Armen. Und das nannten sie auch noch christliche Barmherzigkeit."

Sie trank einen Schluck Wein.

„Aber beim Verhandeln heißt es klug zu sein. Man muß wissen, was man will, warum man es will, aber auch wissen, welche Ziele man erreichen will und auf welche Art und Weise. Jedoch muß man das nicht unbedingt offen sagen, sondern seine wahren Absichten manchmal verheimlichen, Gründe vorbringen, welche unverdächtig sind."

„Ich sehe, du bist die geborene Diplomatin."

Die abendlichen Gespräche beim Wein am Kamin hinterließen im Denken des Reichsgrafen deutliche Spuren. Veronicas Vorstellungen fanden fast stets seine Zustimmung. Es war auch nicht zu verleugnen, daß deren Verwirklichung für die Zukunft des Reiches von höchster Bedeutsamkeit war. Doch sie enthielten den Makel, der auch allen in Studierstuben entstandenen Lehren innewohnt. Sie stießen auf den erbitterten Widerstand all jener, welchen die Umsetzung solcher Pläne Nachteile brachte. Und zahlreiche Betroffene verfügten über eine nicht zu unterschätzende Macht. Es erwies sich daher als notwendig, die Vorschläge stückweise einzubringen, stets darauf bedacht zu sein, daß jeder die Zustimmung der Mehrheit im Reichstag fand. Oft erwies es sich als erforderlich, die Eifersüchteleien der versammelten Männer untereinander auszunutzen und die Parteien gegeneinander auszuspielen. Der Reichsgraf erreichte darin bald großes Geschick, nicht zuletzt dank der Gespräche mit Veronica. Es war ihm allerdings klar, daß er nicht immer aufrichtig sein konnte. Das widerstrebte ihm. Doch was bedeuteten kleine Gewissenskonflikte gegenüber dem Schicksal des Reiches ? Es bedurfte harter Verhandlungen. Es zeigte sich allerdings, daß Peter von Lichterau infolge seines Verhandlungsgeschicks die Debatten im Reichstag nach einiger Zeit dominierte und immer mehr zum Sprecher der Protestantischen Union aufstieg.

Gleichzeitig kamen ihm natürlich auch die unterschiedlichen Interessen der Vertreter der Katholischen Liga zustatten, wobei sich mehr und mehr zeigte, daß der Herzog von Bayern, angesichts der veränderten Lage, jedem Vorschlag, der geeignet war, trotz der militärischen Niederlage seine Macht zu stärken, zuzustimmen bereit war.

„Nein, diese Bedingungen sind unannehmbar", zürnte der Kaiser einmal bei einer Versammlung der katholischen Fürsten, „der Verzicht auf die weltliche Herrschaft der Bischöfe ! Und vor allen Dingen, die Abspaltung Böhmens ! Das kann ich nicht annehmen !"

Der Herzog von Bayern lächelte. Er spielte ein doppeltes Spiel. Dem Kaiser gegenüber gab er sich loyal, doch verhandelte er insgeheim mit dem Herzog von Sachsen-Merseburg und dem Reichsgrafen von Lichterau. Er gestand sich seine militärische Niederlage ein. Aber hatte nicht seine unbedingte Treue zum Kaiser ihm diese beschert ? Er redete sich dies zumindest ein, verdrängte dabei vollkommen, daß vor allem er dem Kaiser geraten hatte den Krieg fortzusetzen. Das war geschehen, nicht mehr zu ändern, aber nun wollte er durch geschickte Verhandlungen seine Niederlage doch noch in einen Sieg verwandeln. Und die Bedingungen hierfür waren nicht schlecht. Treue erschien ihm da bloß hinderlich.

„Welche Wahl habt Ihr denn, Majestät ?" wandte er ein, „die Bischöfe im Norden werden ihre Herrschaft ohnehin nicht halten können. Weigern sie sich, dann werden die protestantischen Fürsten sie verjagen und sich ihren Besitz aneignen. Und was Böhmen betrifft, könnt Ihr eine Rebellion der böhmischen Stände unterdrücken ? Auf meine Hilfe dürft Ihr nicht rechnen ? Bayerns Kassen sind leer. Ich kann keine neue Armee aufstellen."

„Meine Herren, wollen wir uns untereinander noch zerstreiten ?" warf nun der Erzbischof von Mainz ein, „die Protestanten haben ihre Forderungen vorgebracht. Aber müssen wir denn gleich kapitulieren ?

Nein, wir sind hier zusammengekommen um uns zu beraten, wie wir auf diese Forderungen antworten. Streiten wir also nicht, sondern überlegen, wie wir antworten und welche Gegenvorschläge wir einbringen können."

Kapitel 15: Wie Heinrich von Liebau über die Edelfrau Veronica von Prachatitz denkt und was ihm der Reichgraf Peter von Lichterau antwortete

An einem regnerischen Vormittag meldete ein Diener einen Besucher.

„Heinrich, alter Freund. Wie kommst du hierher ?" begrüßte der Reichsgraf den eintretenden Gast.

„Sei gegrüßt, Peter", antwortete Heinrich von Liebau, „der Herzog von Württemberg hat mir Urlaub gewährt und so entschloß ich mich nach Frankfurt zu reisen um zu erfahren wie die Friedensverhandlungen vorangehen. Ich habe allerdings keinen Auftrag, nehme auch nicht an Versammlungen teil."

„Hast du schon ein Quartier in der Stadt ?"

„Nein, es ist zur Zeit schwierig etwas zu finden. Ich bin in einem einfachen Gasthof in Offenbach untergekommen."

„Offenbach ? Nun, das ist kein Platz für dich. Du kannst hier im Haus wohnen. Es sind noch einige Gemächer frei."

Heinrich verzog das Gesicht.

„Vielen Dank für das großzügige Angebot. Aber ..."

Er unterbrach seine Rede. Dann platzte es aus ihm heraus.

„Was hört man von dir ? Bist du ein Narr ? Schau dir deine Gräfin und Geheimschreiberin doch an ! Wen hast du dir da ausgesucht ? Mich kann sie nicht täuschen. Ich kenne sie genau. Sie ist keine Gräfin. Sie ist niemand anders als die Courasche, das Rabenaas ! Du hast dich täuschen lassen !"

„Heinrich, wir kennen uns schon seit unserer Kindheit. Ich habe mich nicht täuschen lassen. Sie ist in der Tat auch die Courasche. Das ist die eine Seite ihrer Person. Doch sie ist auch die Edelfrau von Prachatitz. Das ist ihre andere Seite. Und die ist es, welche hier zählt. Verstehst du mich ?"

„Du hast deinen Narren an ihr gefressen und glaubst du kannst sie ändern, einen ehrbaren Menschen aus ihr machen."

„Nein, ich kann sie nicht ändern. Das muß sie selbst tun. Ich kann ihr nur den Weg zeigen. Der erste Versuch sie zu bessern ist fehlgeschlagen, vielleicht endet der zweite Versuch glücklicher."

„Deine Mühen werden vergeblich sein. Eher geht ein Kamel durch ein

Nadelöhr als daß eine Hure ehrbar wird."
Peter lachte.
„Du legst die Bibel frei aus. Das kann ich ebenfalls. Heißt es dort nicht auch, das Auge sei das Licht des Leibes ? Ist das Auge licht, dann ist auch der Leib licht. Ich gehe sogar noch einen Schritt weiter und sage, das Auge ist das Licht der Seele. Ist das Auge licht, dann ist auch die Seele licht. Und ihre Augen sind licht. Das kannst du doch nicht bestreiten, du kennst sie ja."
Heinrich schüttelte den Kopf.
„Ich sehe, ich kann dich nicht belehren. Du bist eben ein Träumer. Das warst du immer und wirst es auch bleiben."
„Ach, du trägst ihr doch nur nach, daß sie dich damals besiegt hat. Unmut ist ein schlechter Ratgeber. Nehme Vernunft an, lerne sie erst einmal kennen. Sie ist eine außergewöhnliche, großartige Frau."
Er überlegte kurz.
„Man hätte ihre Geistesgaben schon fördern sollen als sie noch Jungfrau war", setzte er dann seine Rede fort, „das geschah aber nicht. Ist es nun zu spät ? Ist sie unwiederbringlich verdorben ? Nein, mein Freund, das glaube ich nicht."
„Sie ist eine Hure, ein Luder, ein Lumpenstück, das sich herumtreibt. Was willst du denn an ihr bessern ? Ihr Gemüt ist verdorben, hat sich verhärtet, das wirst du nicht mehr aufweichen."
„Sie hat Verstand, und wer Verstand hat, kann erkennen, was gut und böse, Wahrheit oder Lüge, Aufrichtigkeit oder Falschheit ist. In gewissem Sinne ist sie durch die Hölle gegangen und nur wer die Hölle durchquert hat, der kennt sie und kann darüber reden. Die Pfaffen, welche nur gelehrte Abhandlungen über die Hölle gelesen haben, können das nicht. Und was sie für gelehrte Abhandlungen halten, was sind das anderes als Hirngespinste, die sich Männer in ihren Studierstuben zusammengereimt haben. Männer, die noch keinen Pulverdampf gerochen haben, sondern nur die muffige Luft, welche den Strohsäcken, auf denen sie schlafen, entweicht. Männer, welche die Welt außerhalb ihrer Stadtmauern nur aus Büchern kennen, die niemals wirklichen Hunger oder Kälte oder die Grausamkeit erlebt haben, zu der Männer fähig sind um ihre wüsten Triebe oder ihre Rachegelüste zu befriedigen. Wie viele begehen teuflischste Untaten um die Verletzung ihrer Ehre zu rächen. Dabei, was ist 'verletzte Ehre' ? Ehre haben nur ehrbare

100

Menschen. Und davon gibt es nur wenige. Die meisten sind doch nichts anderes als tolle Hunde, die gar keine Ehre besitzen. Was sie dafür halten ist nichts weiter als Ichsucht und Eitelkeit. Keiner, der ehrbar ist und Ehre kennt, wird die Ehre und die Würde eines anderen verletzen. So wird ein wahrer Krieger den in ehrlichem Kampf getöteten Feind, der tapfer kämpfte, immer ehren, niemals seinen Leichnam schänden. Nur der Hundsfott, der hinterrücks seinen Gegner meuchelt, schändet den toten Feind. Schau dir doch einmal diesen griechischen Helden an, den sie Achill nennen, der den toten Hector um die Mauern Trojas schleifte. War er ein Held ? Nein, ich sage dir, er war nur ein Stück Kot. Diese Niederträchtigen muß man nicht achten, die sollte man zertreten. Ehre haben sie nicht verdient."

„Ich sagte dir schon, du bist ein Träumer. Du glaubst an das Gute im Menschen, denkst, selbst im Übelsten stecke noch ein wertvoller Kern. Und nun spinnst du dir etwas zusammen, was nie Wirklichkeit werden wird. Aber sei dann nicht zu Tode betrübt, wenn dein Traumschloß, das nur auf Sand gebaut ist, vom ersten Sturm weggefegt wird. Ich habe dich gewarnt."

„Das ist durchaus möglich, aber es muß nicht so kommen. Ich brauche daher Gewißheit. Ich brauche eine Gemahlin, die mir ebenbürtig ist, wenn ich nicht mein Leben lang alleine bleiben will. Denn wie kann ich ein Fräulein, das nichts anderes kennt als untertänige Zofen, ein paar gelehrte Bücher, ein Schloß und nur das von der Welt, was sie von ihrer Kutsche aus sehen kann, als Frau, als Gemahlin, als Gefährtin, als mir gleichwertig ansehen ? Nein, eine solche Edelfrau ist zwar eine Zierde, ein Schmuckstück, ist mir aber als Gemahlin nicht von Nutzen, ebenso wenig wie ein goldener, mit kostbaren Rubinen besetzter Säbel, der keine Festigkeit besitzt, nicht aus hartem Stahl geschmiedet ist, mir in der Schlacht von Nutzen ist. Ich brauche eine Frau, die Gefährtin, die Kameradin ist."

„Und du glaubst wirklich, diese Courasche ist so eine Frau ?"

„Sie hat die Anlagen dazu. Sie besitzt ein Wissen und eine Bildung, die sie nur durch eine adelige Erziehung erworben haben kann. Sie muß von hoher Geburt sein. Aber sie besitzt auch viele schlechte Eigenschaften, das gestehe ich ein. Es wird sich zeigen, was am Ende überwiegt."

Heinrich zuckte mit den Schultern.

„Es sei wie du willst. Ich bin dein Freund, kann dir Ratschläge geben,

101

besitze aber kein Recht dir Vorschriften zu machen."

„Ich danke dir für den Verständnis. Aber wie steht es mit meinem Angebot ? Willst du in meinem Haus Quartier nehmen oder fürchtest du dich vor Veronica ?"

Heinrich von Liebau überlegte kurz.

„Nein, ich fürchte mich nicht. Ich werde meine Sachen herbringen lassen."

„Und scheue dich nicht, Veronica kennenzulernen. Ich sage dir allerdings, sie wird dich fesseln, aber nicht wieder mit Stricken."

Kapitel 16: Wie die Edelfrau Veronica von Prachatitz mit dem Erzbischof von Mainz konversierte

An einem sonnigen Nachmittag befanden sich der Erzbischof von Mainz und sein Sekretär, Franz von Eichhorn, nach einem mühsamen Verhandlungstag auf dem Weg zu ihrem Quartier. Unterwegs begegneten ihnen eine vornehme Frau und ihre Zofe, welche einen freundlichen Gruß entboten.

Der Bischof blickte die Frau scharf an und erschrak.

„Wer mag diese Edelfrau sein ?" raunte er seinem Sekretär zu, nachdem sich die beiden Frauenzimmer ein Stück entfernt hatten, „habt Ihr Euch ihr Gesicht genau eingeprägt ? Nein ? Dann folgt ihr unverzüglich. Zieht Erkundigungen über sie ein."

„Das ist nicht notwendig, Exzellenz. Ich kenne die Edelfrau genau. Sie war vor einigen Wochen auf unserem Schloß in Aschaffenburg zu Gast."

„In Aschaffenburg zu Gast ? Irrt Ihr Euch auch nicht ?"

„Auf keinen Fall, Exzellenz, ich habe doch mit ihnen zu Abend gespeist."

„Mit ihnen ? Sie war also nicht allein ?"

„Nein, Exzellenz, sie kam in Begleitung des Reichsgrafen von Lichterau. Er stellte sie als seine Geheimschreiberin, Gräfin Veronica von Prachatitz, vor."

„Gräfin Veronica von Prachatitz ? Geheimschreiberin ? Das kann doch nicht sein."

„Doch, Exzellenz, der Reichsgraf erzählte, er habe sie nach der Schlacht bei Eichstätt in seine Dienste genommen. Sie sei eine böhmische Gräfin, wegen Erbschaftsstreitereien von ihren Brüdern vertrieben worden."

Der Erzbischof schwieg eine Weile.

„Nein, ich täusche mich bestimmt nicht", stieß er endlich hervor, „ich bin dieser Frau im letzten Jahr begegnet. Sie half mir nahe Bischofsheim nach dem Unfall mit der Kutsche. Ihr wißt, wovon ich spreche ?"

„Sicher, Exzellenz."

„Dann wißt Ihr auch, daß ich mit ihr zu Abend gespeist habe. Sie war eine gewöhnliche Marketenderin, nannte sich Courasche."

„Ich weiß, Ihr habt Euch mit ihr über die Schrecken des Krieges unterhalten. Sie bat Euch dringend, alles, was in Eurer Macht steht zu tun um einen Friedensschluß zu erreichen."

„Das ist richtig."

Der Erzbischof überlegte kurz.

„Ich hatte damals den Verdacht, sie sei eine heimliche Abgesandte des Reichsgrafen."

Er stutzte.

„Nein, das konnte eigentlich nicht sein. Ihr sagtet doch, der Reichsgraf habe sie erst nach der Schlacht bei Eichstätt in seine Dienste genommen. Aber diese Ähnlichkeit !"

Franz von Eichhorn gab nun zu bedenken.

„Exzellenz, wenn er sie bereits vor der Schlacht bei Eichstätt mit geheimen Botschaften an katholische Fürsten betraut hatte, dann gibt es für ihn allerdings Gründe dies zu verheimlichen. Das könnte ihm als Hochverrat ausgelegt werden. Darum hat er vermutlich mir gesagt, er habe sie erst nach der Schlacht in seine Dienste genommen. Doch da fällt mir etwas ein. Es heißt, der Reichsgraf habe wenige Tage nach der Schlacht bei Hanau in Frankfurt eine zum Tode verurteilte Marketenderin, Hure und Hexe namens Courasche vom Galgen freigekauft. Und dann hat er wohl diese Courasche verschwinden lassen und seine Vertraute und Geheimschreiberin unter deren Namen und in Verkleidung einer Marketenderin als geheime Beauftragte zu den Fürsten geschickt."

„Das klingt märchenhaft."

„Nein, Exzellenz, es kursierte damals in Aschaffenburg das Gerücht, er sei auf dem Wege von Wertheim im Spessartwald von Schergen des Bischofs von Würzburg überfallen worden und eine Marketenderin habe durch ihr mutiges Eingreifen ihm das Leben gerettet. Und die war genau jene Frau, welche er mir gegenüber als seine Geheimschreiberin ausgab. Und er erklärte mir, er habe sie in Verkleidung einer Marketenderin von Wertheim aus auf die Reise geschickt. Warum sie allein und in Verkleidung ? Warum begleitete sie ihn nicht ? Er gab mir damals eine recht merkwürdig klingende Erklärung. Aber ich glaube nun eher, er schickte sie zum Bischof nach Würzburg. Sie erfuhr dort von den Anschlagsplänen und eilte ihrem Herrn zu Hilfe. Das klingt doch vernünftig."

Der Erzbischof überlegte.

„Das könnte in der Tat so gewesen sein. Ich halte es jedenfalls für sinnvoll, mit der Edelfrau Kontakt aufzunehmen und mit ihr zu konversieren."

Veronica wunderte sich nicht schlecht als sie eine Nachricht des Erzbischofs erhielt, in welcher er sie um eine Unterredung bat.

„Setzt Euch bitte, Gräfin", begrüßte er sie freundlich als sie sein Kabinett betrat, „Ihr habt mich ja damals in Bischofsheim ganz schön an der Nase herumgeführt."

„Gräfin ? Ihr müßt mich verwechseln, ich bin keine Gräfin."

„Nein, nein, Verehrteste, ich verwechsele Euch nicht. Keine andere Frau hat ein so wundervolles Gesicht wie Ihr. Ihr nanntet Euch damals allerdings Courasche."

„Nun, Exzellenz, ich gebe zu, in Bischofsheim mit Euch parliert zu haben, eine Gräfin bin ich allerdings nicht. Soweit ich weiß, ist mein Vater ein böhmischer Graf. Seinen Namen kenne ich aber nicht. Er hat mich auch niemals als Tochter anerkannt, somit besitze ich kein Recht mich Gräfin zu nennen. Euer Sekretär hat sich damals in Aschaffenburg sicher verhört. Ich bin zwar ein Luder, eine Landstörzerin und eine Hure, aber ich bin keine Hochstaplerin."

„Nun, Verehrteste, aber die Geheimschreiberin des Reichsgrafen seid Ihr doch wohl ?"

„Das ist richtig, er hat mich in seine Dienste genommen, allerdings erst lange nach unserem Disput, er hatte mich nicht geschickt."

„Nun, Verehrteste, das ist nun alles nicht mehr so wichtig. Die Friedensverhandlungen laufen und der Reichsgraf ist zum Wortführer der Protestanten aufgestiegen wie mir scheint. Er hat Euch doch sicher über seine Vorschläge informiert."

Veronica schwieg. Der Erzbischof blickte sie forschend an.

„Ich vermute, viele seiner Vorschläge stammen von Euch. Ihr seid eine Frau hoher Bildung. Ihr müßt von hoher Geburt sein."

„Er nahm mich in seine Dienste, als Beraterin. So sehe ich das."

„Er hat Euch als Beraterin genommen ?"

„Er sagte, meine Ansichten und Ratschläge seien ihm wichtig. Wißt Ihr, er tritt für einen gerechten Frieden ein und hierzu muß er vor allen Dingen wissen, was gerecht ist. Ich habe mich viele Jahre im Reich herumgetrieben, lernte dabei viele Menschen kennen, gute und schlechte, meist aus niederen Schichten. Sie sind das Salz der Erde, jene, die

105

täglich um ihr Brot ringen müssen, auf ehrliche oder unehrliche Weise, das sei dahingestellt. Aber sie essen es immer im Schweiße ihres Angesichtes, auch wenn es oft Angstschweiß ist, da sie nicht wissen, was die nächste Stunde bringen wird. Daneben wollen sie auch ein bißchen Freude am Leben haben, ihre Begierden und Lüste befriedigen. Was ist da schon dabei ? Und sie sehnen sich nach Frieden. An ihr Seelenheil denken sie nicht. Das bleibt jenen Bürgern in den Städten vorbehalten, die ihre Tage mit Arbeiten, welche ihnen keine großen Mühen abverlangen oder gar gänzlich mit Müßiggang zubringen."

„Und was wollt Ihr mir damit sagen ?"

„Daß der Streit um die wahre Religionsausübung für diese Menschen nur ein Übel ist. Es sollte den Menschen freigestellt sein, nach welcher Art sie selig werden wollen. Hat Jesus etwa zwei Religionen gepredigt ? Aufgezwungener Glaube dringt niemals in das Herz ein, er bleibt auf der Haut haften, führt zu religiösem Fanatismus. Oder er wird gänzlich abgewaschen. Dann bleibt nur noch Gottlosigkeit übrig. Und darunter leiden wir."

Der Erzbischof schaute sie fragend an.

„Jesus sagte, sein Reich sei nicht von dieser Welt. Sagte er nicht, wenn es von dieser Welt wäre, hätten seine Diener gekämpft, damit er nicht den Juden überantwortet werde ? Warum kämpft Ihr dann ? Warum verlangt die Kirche nach weltlicher Herrschaft ? Zersplittert sie damit nicht ihre Kräfte ? Könntet Ihr Euch nicht besser um das Seelenheil Eurer Gläubigen kümmern, wenn Euch nicht die Bürde der weltlichen Herrschaft auferlegt wäre ? Hätte sich die Spaltung der Christenheit nicht vermeiden lassen können, wenn sich die Kirchenoberen nicht zu sehr weltlichen Genüssen hingegeben hätte ? Weltliche Herrschaft der Kirche war wohl angemessen als das Christentum im Reich noch nicht fest verwurzelt war, als Herzöge und Grafen noch heimlich die alten Götter anbeteten. Doch diese Zeiten sind längst vergangen. Das Christentum hat im Reich feste Wurzeln geschlagen. Weltliche Herrschaft von Bischöfen und Priestern ist nicht mehr notwendig. Sie können ihre Kräfte nun dem Seelenheil der Menschen widmen. Deshalb sollten die geistlichen Herren ihre weltliche Herrschaft aufgeben, denn sie werden nie in der Lage sein, ihren Untertanen eine friedliche Wahl des Glaubens zu lassen. Ihre Güter mögen sie behalten."

Der Erzbischof schlug die Hände über dem Kopf zusammen.

„Und das sagt Ihr so einfach daher   ! Wie sollen denn all diese Unwissenden und Verstockten zum wahren Glauben finden, wenn ihnen niemand den Weg zeigt ?"

„Genau deshalb sollt Ihr ihnen doch den Weg zeigen. Aber nicht mit Gewalt, sondern mit Güte. Leitet sie, lehrt sie. Und die meisten werden Euch folgen. Ein paar Verstockte wird es immer geben, das läßt sich nicht ändern, das war von Anbeginn der Welt so. Ihr müßt den Menschen allerdings ein Vorbild sein. Man kann nicht Keuschheit predigen und selbst huren. Man kann niemandem ein elendes Leben zumuten, verbunden mit dem Versprechen auf Belohnung im Himmel, wenn man selbst das Leben in vollen Zügen genießt. Jeder, der nicht ein völliger Tor ist, wird doch denken, die Pfaffen glauben selbst nicht daran, sondern genießen das irdische Leben, weil es nach dem Tod keine Belohnung im Himmel gibt. Ich will nicht noch mehr Beispiele anführen. Aber Ihr solltet nicht alles, was ein bißchen Lebensfreude bereitet, zur Sünde erklären. Ich hoffe, Ihr versteht das. Schickt doch Eure Mönche aus den Klöstern in die Dörfer um die Kinder zu unterrichten, ihnen Lesen und Schreiben beibringen."

„Und Ihr meint, es sei die Aufgabe der Mönche, die Kinder zu unterrichten ? Nein, sie sollen Gott dienen, der Welt entsagen, ihm ihr Leben widmen."

Veronica zog die Augenbrauen zusammen. Nein, dem konnte sie nicht zustimmen. Die Wirklichkeit sah doch anders aus. Die Klöster sammelten seit Anbeginn Reichtümer. Aber sie wollte keinen Streit vom Zaume brechen, meinte daher.

„Jesus sagte zwar, selig sind die, die da geistig arm sind, denn ihnen gehört das Himmelreich, aber das bedeutet doch nicht, daß man die Menschen in Unwissenheit halten sollte. Auch sollten Katholiken und Protestanten nicht die Unterschiede in ihren Kirchenlehren hervorheben, sondern die Gemeinsamkeiten. Jesus hat nur eine Religion gelehrt. Und wo liegt denn der Unterschied ? Doch nicht im Glauben ! Bestreiten die Protestanten etwa, daß Jesus Gottes Sohn ist, daß er am Kreuz starb, am dritten Tage von den Toten auferstand und bald danach in den Himmel auffuhr ? Lehnen sie die Taufe ab ? Lest doch die Bibel einmal genau: die Unterschiede zwischen den Evangelien sind doch größer als die Unterschiede zwischen Katholiken und Protestanten. Sie unterscheiden sich doch nur in Riten, die Jesus gar nicht befohlen hat."

Der Erzbischof setzte nun ein ernstes Gesicht auf.

„Ihr seid zwar eine kluge Frau, aber das Wesentliche habt ihr nicht verstanden. Sagte nicht Jesus zu Petrus, 'ich will dir die Schlüssel des Himmelreichs geben', oder an anderer Stelle, 'weide meine Schafe'. Das bedeutet doch nichts anderes als daß es nur eine einzige Kirche geben kann, die römische, deren Fundament der Stuhl Petri ist. Alles andere ist Ketzerei !"

Veronica schwieg eine Weile.

„Nun, das mögt Ihr so sehen. Aber dann müßt Ihr auch die Protestanten davon überzeugen, mit Worten, nicht mit Waffen. Denn damit seid Ihr gescheitert."

Der Erzbischof stöhnte.

„Euch kann man nicht beikommen. Ihr findet immer eine Rede."

„Der Zwist der Konfessionen ist für Euch vielleicht das Wichtigste. Letztlich geht es jedoch um das Reich. Es kann nicht bestehen, wenn es mit sich selbst uneins ist. Aber es darf nicht zerfallen. Es braucht einen starken Kaiser, die Fürstenmacht muß beschnitten werden. Nicht die Fürsten dürfen den Kaiser beherrschen, sondern der Kaiser muß über die Fürsten herrschen. Sie sollen daher keine Heere mehr unterhalten. Es darf nur **eine** Reichsarmee geben. Aber alle diese Forderungen kennt Ihr ja. Darüber brauchen wir nicht zu disputieren, Exzellenz. Ich bin auch nur eine Frau, die an den Verhandlungen gar nicht teilnimmt. Ich habe keinerlei Einfluß auf die Entscheidungen."

Der Erzbischof lächelte süffisant.

„Nein, Ihr nehmt nicht an den Verhandlungen teil, aber Ihr teilt Euer Nachtlager mit dem Reichsgrafen. Und ich sehe, Ihr sündigt da nicht nur."

Veronica verzog das Gesicht.

„Da muß Euch widersprechen", entgegnete sie mit scharfer Stimme, „ich bekenne, ich habe viele Jahre ein Hurenleben geführt, aber mit dem Reichsgrafen habe ich bisher nicht gesündigt, zumindest nicht so, wie Ihr das meint."

Sie erhob sich um zu gehen.

„Besänftigt Euch, Edelfrau Veronica. Es lag nicht in meiner Absicht Euch zu beleidigen. Aber ich gehe doch recht in der Annahme, daß Ihr ein sehr vertrautes Verhältnis zu dem Reichsgrafen habt, mag es auch kein sündiges sein."

Veronica setzte sich wieder.

„Wir haben jetzt lange miteinander konversiert, Exzellenz, aber ich weiß noch immer nicht, warum Ihr mich zu Euch bestellt habt."

„Ich wollte mir nur über Euch im Klaren werden. Und ich weiß jetzt, Ihr habt großen Einfluß auf den Reichsgrafen. Auch ich will einen gerechten Frieden, eine Frieden, der keinen neuen Haß sät. Ich bitte Euch daher um eines: auch wenn wir die Besiegten sind, nehmt uns nicht alles, laßt uns unsere Würde, stoßt uns nicht in den Staub. Macht das dem Reichsgrafen klar. Das ist alles, was ich zu sagen habe. Seht es mir nach, wenn ich jetzt die Konversation beende. Ich bin erschöpft, benötige Ruhe."

Veronica verabschiedete sich.

„Was meint Ihr ?" fragte der Erzbischof den Sekretär nachdem sie gegangen war.

„Es ist so, wie Ihr vermutet habt. Sie übt großen Einfluß auf den Reichsgrafen aus. Und ich bin mir sicher, daß die meisten Vorschläge von ihr stammen. Aber ich denke auch, sie hat unsere Botschaft verstanden."

Franz von Eichhorn grinste, fuhr dann fort.

„Man hätte sie beizeiten als Hexe verbrennen sollen. Aber nun ist es zu spät, die Entscheidungen sind bereits gefallen. Aber man könnte es trotzdem nachholen."

Der Erzbischof blickte den Mann böse an.

„Unterlaßt solche Gedanken. Mehr als eine primitive Befriedung von Rachegelüsten wäre das nicht und würde nur ein erneutes Blutbad nach sich ziehen. Und das würde dieses Mal nicht das Volk, sondern uns treffen."

Kapitel 17: Wie die Edelfrau Veronica von Prachatitz in Frankfurt in den Kerker geworfen wurde, wie sie sich befreite und welche Folgen das nach sich zog

Die Bischöfe von Bamberg und Würzburg, sowie der Herzog von Bayern fanden sich beim Kaiser zur Beratung ein.

„Diese Forderungen sind unannehmbar, das sage ich jetzt zum wiederholten Male", stieß der Bischof vom Bamberg voller Ärger hervor, „die geistlichen Herrschaften sollen aufgelöst werden ! Nein, dem stimmen wir nicht zu. Der Erzbischof von Salzburg und der Fürstbischof von Trient sehen das ebenso."

„Sollen wir uns vielleicht damit begnügen, sonntags von der Kanzel herab das Reich Gottes zu verkünden ?" warf der Bischof von Würzburg nicht minder erregt ein.

„'Mein Reich ist nicht von dieser Welt', das sagte schon Jesus", meinte der Herzog von Bayern belustigt, „weshalb sollte es dann Eures sein ?"

„Ihr seid ein Spötter !" fauchte ihn daraufhin der Bischof von Bamberg an, „Ihr werdet ebenso der Hölle verfallen wie diese protestantischen Ketzer ! Und der Erzbischof von Mainz befürwortet das auch noch ! Warum denn ? Er verliert doch auch seine Herrschaft ! Und wer steckt dahinter ? Ich sage euch: das ist nur der Einfluß dieser Hexe ! Dieser Geheimschreiberin des Reichsgrafen !"

„Ja, er hat sich doch erst kürzlich mit ihr getroffen", ergänzte der Bischof von Würzburg, „da hat sie ihn mit ihren Teufelskünsten umgarnt ! Ja, sie ist eine Hexe ! Sie gehört auf den Scheiterhaufen !"

„Ja, und falls Ihr es noch nicht wißt, meine Herren, diese Veronica von Prachatitz ist niemand anderes als die berüchtigte und verkommene Landstörzerin Courasche. Wißt ihr auch, in wie vielen Schlachten sie fette Beute gemacht, die besten und tapfersten Männer überwunden hat ? Nein, sie ist keine gewöhnliche Frau. Sie ist eine Braut des Satans ! Und ihre geschlechtlichen Ausschweifungen ! Die Unzahl von Männern, mit denen sie es trieb. Ich sage Euch, soviel Lust empfindet keine Frau. Das kann nur ein Höllenweib !" ereiferte sich der Bischof von Bamberg.

„Und diesen vermaledeiten Reichsgrafen hat sie auch gerettet, als meine tapferen Krieger ihm im Spessart den verdienten Lohn bringen wollten. Ich sage Euch, auf den Scheiterhaufen mit ihr !" ergänzte wutentbrannt der Bischof von Würzburg.

„Was wißt ihr Kuttenbrunzer denn, welche Lust Weiber empfinden können ?" dachte der Herzog von Bayern, lächelte und sprach.

„Verhext ? Solch einen Unsinn könnt Ihr dem gemeinen Volk weismachen. Nein, niemand wurde verhext. Der Erzbischof treibt geheime Händel mit den Ketzern. Wer weiß, was sie ihm alles versprochen haben."

„Verhext oder nicht verhext !" schnaubte wutentbrannt der Bischof von Bamberg, „diese Veronica ist an allem Schuld. Sie zieht im Hintergrund die Fäden ! Man sagt, sie habe sich bereits vor einem Jahr mit dem Erzbischof von Mainz getroffen. Und Ihr wißt, meine Herren, was dann folgte: sein Friedensaufruf. Der störte unsere Vorbereitungen, untergrub die Stimmung im Heer, ist mit Schuld an der Niederlage bei Eichstätt. Und hat er uns mit Truppen unterstützt ? Nein ! Und das soll alles das Werk einer elenden Hure, Landstörzerin und Marketenderin sein, die man die Courasche nennt ? Nein, sie ist mit der Hölle im Bund und muß brennen !"

Der Kaiser, der bisher geschwiegen hatte, ergriff nun das Wort.

„Zum ersten: so wünschenswert es ist, dieses Weib zu bestrafen, so unmöglich erscheint es mir. Sie steht unter dem Schutz des Reichsgrafen und damit dem der protestantischen Fürsten. Ein Prozeß gegen sie wird den Krieg wieder aufflammen lassen. Und zum Zweiten: mir gefallen diese Vorschläge auch nicht. Ein selbständiges Kurfürstentum Böhmen ! Ich soll die Hälfte meiner Ländereien aufgeben ! Aber, meine Herren, was ist zu tun ? Nach der Niederlage bei Eichstätt ist unsere militärische Macht gebrochen. Und unsere Kassen sind leer. Wir können den Krieg nicht fortsetzen."

„Seht das nicht so übel, Majestät", wandte der Herzog von Bayern ein, „was verliert Ihr den schon ? Ein aufsässiges, diebisches Volk, mit dem Ihr nur Ärger habt. Mähren und Schlesien müssen allerdings Euch bleiben. Ich bin sicher, das sehen die protestantischen Fürsten auch so."

Der Kaiser wiegte den Kopf.

„Ihr seid entlassen, meine Herren. Ich werde darüber nachdenken."

„Nachdenken hilft nicht, Majestät. Taten sind gefragt. Wir müssen handeln", entgegnete der Bischof von Bamberg.

Der Kaiser wirkte ab.

„Alles zu seiner Zeit."

Die beiden geistlichen Herren entfernten sich, der Bayer verblieb.
„Gibt es noch etwas, Herzog ?"
„Majestät, die Auflösung der geistlichen Herrschaften ist kein ganz so schlechter Vorschlag. Ihr erhaltet Trient und Salzburg teilen wir uns. Das ist doch ein guter Ersatz für die verlorenen böhmischen Gebiete."
Der Kaiser überlegte kurz.
„Nein, das ist zu wenig. Das gesamte Salzburg wäre es allerdings. Ich mache Euch einen Vorschlag, Salzburg fällt an mich, Ihr erhaltet dafür das Hochstift Eichstätt. Auch Passau und Augsburg werden einen neuen Herren brauchen."
Der Herzog von Bayern verzog das Gesicht. Der Kaiser hatte ihn durchschaut. Denn auf Eichstätt und Passau hatte er ohnehin bereits ein Auge geworfen. Aber was sollte er nun tun ? Bestand der Kaiser auf Salzburg, dann würden es ihm die protestantischen Herren auch zugestehen, schon um ihn versöhnlich zu stimmen.
„Das ist auch ein guter Vorschlag, Majestät", meinte er daher mit gespielter Freundlichkeit, seine Zerknirschung verbergend, und verabschiedete sich.

„Nein, meine Herren, das können wir nicht so einfach hinnehmen", erklärte der Bischof von Bamberg am Abend wütend seinen Gästen, dem Erzbischof von Salzburg, dem Fürstbischof von Trient und dem Bischof von Würzburg, „und all dies sollen wir ertragen wegen eines verrufenen Weibes unklarer Abkunft ? Wir müssen sie aus dem Weg räumen, damit sie nicht weiter unheilvollen Einfluß ausüben kann. Noch läßt sich die Stimmung drehen."
„Aber wie sollen wir das anstellen ?" fragte der Fürstbischof von Trient, „einen öffentlichen Prozeß wegen Hexerei können wir ihr nicht machen; sie steht unter dem Schutz des Reichsgrafen. Nein, das ist kein Weg."
„Ein heimlicher Mord vielleicht ?" warf der Bischof von Würzburg ein.
„Nein", widersprach der Erzbischof von Salzburg, „jedes Aufsehen muß vermieden werden. Es darf kein Verdacht auf uns fallen. Man könnte sie entführen und irgendwo verstecken. Aber unsere Männer sollten wir nicht einsetzen."
„Ich glaube, ich habe einen guten Gedanken", meldete sich der Bischof von Würzburg erneut zu Wort, „der Bürgermeister muß uns helfen. Dieses Weib ist doch diese Courasche. Wie ich hörte, hegt der

Bürgermeister noch immer ziemlichen Groll gegen den Reichsgrafen und besonders gegen sie. Das müssen wir uns zunutze machen. Ich bin sicher, gegen eine großzügige Belohnung wird er uns unterstützen. Ich werde ihn aufsuchen."

„Diese Courasche hat zweifelsohne den Galgen verdient, Herr Bürgermeister", begann der Bischof von Würzburg am darauffolgenden Vormittag seine Rede, nachdem er im Amtszimmer Horsts von Stecken Platz genommen hatte, „Ihr hättet sie niemals freigeben dürfen. Sie steht mit dem Teufel im Bunde. Wir können nichts unternehmen, das würde auffallen. Aber wenn Eure Stadtgarde sie festnimmt, auf einem belebten Platz, wo keiner so recht auf den anderen achtet und Ihr sie dann ins Verließ werfen laßt ? Sie mag dort verschmachten, Ihr müßt sie ja nicht öffentlich hinrichten. Das Wichtigste ist, daß sie verschwindet und uns mit ihren Umtrieben nicht weiter schadet. Ihr versteht ? Wir werden uns auch erkenntlich zeigen. Hier habt Ihr schon einmal eintausend Reichstaler. Wenn die Tat ausgeführt ist, erhaltet Ihr viertausend weitere. Aber mein Name muß aus dem Spiel bleiben. Ich habe dieses Gespräch mit Euch auch nie geführt."
Horst von Stecken verstand, er überlegte nicht lange, das Geld lockte ihn. Er dachte auch an die höhnischen Blicke seiner Ratsherren, die sie ihm damals zuwarfen und deren Angriffe gegen seine Person, als er ihnen mit fadenscheinigen Ausreden erklärte, warum er die Courasche freigelassen hatte. Er sagte zu.

Veronica ahnte nichts Böses als sie am nächsten Nachmittag über den Marktplatz schlenderte. Sie bemerkte auch nicht, daß zwei Soldaten der Stadtgarde ihr schon längere Zeit folgten und sie scharf im Auge hielten.
„Schau, da drüben gibt es ja schon Kirschen, hole mir eine Portion", sagte sie zu ihrer Zofe.
Die gehorchte, lief zu dem Stand. Augenblicke später mußte sie mitansehen, wie ihre Herrin in Begleitung zweier Stadtgardisten den Marktplatz verließ. Ein ungutes Gefühl kam in ihr auf. Sie faßte sich ein Herz und folgte ihnen in sicherer Entfernung. Die beiden Bewaffneten führten Veronica zum Stadtgefängnis. Die Zofe wollte schnellstens zum Quartier des Reichsgrafen zurücklaufen, verirrte sich aber unterwegs, erreichte es erst zwei Stunden später. Der Reichsgraf war nicht

anwesend. Auf ihr inständiges Bitten hin sandte der Hauptmann der Leibwache zwei Männer aus um Peter von Lichterau herbeizuholen.

Man brachte Veronica in eine Zelle, legte sie in Ketten. Die Kettenringe waren jeweils mit einem Dorn im Mauerwerk verankert. Vor lauter Zorn vergaß sie ihre gräfliche Erziehung.

„Diese Hurenhunde", begann sie zu fluchen, „soll sie doch der Blitz beim Scheißen erschlagen."

Doch bald sagte sie sich allerdings, daß Schimpfen ihr nicht weiterhelfe und begann die Dorne zu untersuchen.

„Der Mörtel ist schon recht bröselig, aber sie denken wohl, er ist für eine schwache Frau noch fest genug. Die werden ihr Wunder erleben."

Sie konnte die Dorne rasch lockern, zog sie aber nicht völlig aus dem Mauerwerk, so daß es schien als sei sie noch angekettet.

Einige Zeit später erschienen zwei Soldaten.

„Hier ist dein Essen", fuhr sie der eine an, „du sollst schließlich nicht hungrig zur Hölle fahren."

Er lachte höhnisch.

„Aber ein kleines Andenken kannst du mitnehmen."

Er knöpfte seine Hose auf, während er auf sie zuging. Blitzschnell zog Veronica nun einen Dorn aus der Wand, holte aus, schleuderte ihm die Kette gegen den Kopf. Bevor der andere, welcher die Szene mit einigem Entsetzen beobachtet hatte, sich von seinem Schreck erholte, zog sie den anderen Dorn aus dem Mauerwerk und schleuderte ihm die Kette entgegen. Ohne zu zögern ergriff sie nun den Säbel des Ersten, zog ihn aus der Scheide und stieß ihn dem Schergen in den Leib bevor dieser reagieren konnte. Dem Zweiten erging es nicht besser. Während er, noch benommen von dem Schlag an den Schädel, taumelte, trennte sie ihm den Kopf vom Leib. Dann schlich sie sich heraus in den Gang. Die Zelle lag etwas abseits und so konnte sie ins Freie gelangen ohne die Wachstube durchqueren zu müssen.

Mittlerweile war der Reichsgraf in Begleitung Heinrichs von Liebau im Quartier angekommen.

„Die Edelfrau Veronica wurde von Stadtgardisten ergriffen und ins Gefängnis geführt. Die Gründe der Verhaftung sind mir nicht bekannt", meldete der Hauptmann der Leibwache seinem Herrn.

114

Dessen Gesicht verfinsterte sich.

„Spart Euch die schönen Worte, es gibt auch keine. Das ist eine Niedertracht des Bürgermeisters. Sucht Euch die fünf Tapfersten aus. Wir brechen sofort auf. Du kommst doch mit um sie zu befreien, Heinrich ? Trag ihr nicht nach, daß sie dich in der Schlacht überwand."

Der nickte.

„Natürlich, so kann ich die Schmach wenigstens ein bißchen tilgen."

„Du elender Hundsfott !" brüllte der Reichsgraf den Bürgermeister an, nachdem er mit seinen Getreuen dessen Amtszimmer gestürmt hatte, „gib sie sofort frei oder ich haue dich in tausend Stücke."

Horst von Stecken bebte vor Angst als Peter noch hinzufügte.

„Nein, ich haue dich nicht auf einmal in tausend Stücke, sondern scheibchenweise. Du wirst drei Tage heulen bevor der Tod dich erlöst."

Er packte dessen rechte Hand, preßte sie auf den Schreibtisch.

„Gestehe, oder ich schneide dir den ersten Finger ab."

„Verschont mich bitte", jammerte der Bürgermeister, „ich gestehe alles. Ich habe sie verhaften lassen. Es ist aber nicht meine Schuld. Der Bischof von Würzburg hat mich durch eine hohe Belohnung verführt."

„Das spielt jetzt keine große Rolle. Wo ist sie ?"

„Im Stadtgefängnis."

„Du kommst mit. Aber ich warne dich ! Ich habe bereits einen Boten nach Wertheim geschickt. In vier Tagen wird meine Armee hier sein und die Stadt dem Erdboden gleichmachen, wenn du versuchst mich in eine Falle zu locken und ihr auch nur ein Haar gekrümmt wird. Nimm dich also in Acht."

Sie eilten zum Stadtgefängnis.

Veronica war unterdessen im Quartier des Reichsgrafen angekommen. Ein Leutnant empfing sie.

„Edelfrau Veronica, Ihr hier ? Der Reichsgraf ist mit Heinrich von Liebau, dem Hauptmann und fünf Soldaten aufgebrochen um Euch zu befreien."

Veronica atmete tief durch.

„Das ist nun nicht mehr notwendig. Aber ich fürchte es wird ein Blutbad geben, wenn er mich im Stadtgefängnis nicht findet. Er wird nicht glauben, daß ich mich selbst befreien konnte. Wie viele Männer habt

Ihr ?"

„Zehn könnte ich entbehren."

„Gut, dann kommt mit. Ich kann nicht alleine gehen, da mich die Stadtgarde sicherlich suchen wird."

Sie begaben sich zum Gefängnis.

„Ich werde hier auf der gegenüberliegenden Seite der Straße warten. Und Ihr haltet Euch in der Seitengasse da drüben im Dunkeln bereit."

Wenig später erschien Peter mit seinen Getreuen und Horst von Stecken. Sie beachteten Veronica nicht, stürmten in das Gebäude. Nach kurzer Zeit verließen sie es allerdings wieder, trieben die Wachsoldaten vor sich her.

„'Was sucht ihr den Lebenden bei den Toten', sagte der Engel zu den Frauen", schallte es dem Reichsgrafen entgegen.

Der starrte entgeistert zur anderen Straßenseite.

„Veronica !" rief er aus.

„Ja, ich bin es. Schön, daß du mich befreien wolltest, ich werde es dir nie vergessen", lachte sie ihm entgegen, „aber ich habe mir selbst zu helfen gewußt. Ich bitte dich nur im eines: laß einen Schmied herbeiholen, der mich von diesen häßlichen Armbändern befreit. Und dann möchte ich dem Bürgermeister als Strafe für seine Schandtat eine Maulschelle geben."

Ohne auf eine Antwort zu erwarten, holte sie mit der rechten Hand aus, schlug ihm die Kette ins Gesicht, so daß das Blut spritzte.

„Schlag ihn nicht tot, Veronica. Ich brauche ihn noch. Und die Armbänder mußt du bis morgen behalten."

„Was verlangst du da von mir !"

„Sei einmal vernünftig, auch wenn die eine Frau bist. Ich habe meine guten Gründe."

Am anderen Morgen gegen zehn Uhr waren alle Teilnehmer des Friedenskongresses versammelt, nur Peter von Lichterau fehlte noch. Man wunderte sich, da er bisher noch nie zu spät gekommen war. Einige hatten zwar bereits Gerüchte über gewisse Vorkommnisse der letzten Nacht, in welche er verwickelt gewesen sein sollte, vernommen, doch genaues wußte niemand. Endlich erschien der Reichsgraf, in Begleitung des Bürgermeisters, dessen Gesicht verbunden war, und einer Frau in

116

zerrissenem Kleid, welche Ketten an den Händen trug.

„Ihr Herren, hört mich an !" rief er mit lauter Stimme, „ich klage an ! Am gestrigen Nachmittag überfielen die Schergen des Bürgermeisters meine Geheimschreiberin Veronica von Prachatitz, die Ihr hier neben mir seht. Sie verschleppten sie ins Stadtgefängnis, legten sie in Ketten. Ihr seht sie noch an ihren Händen. Sie sollte im Kerker sterben. Doch sie konnte sich befreien. Der Bürgermeister handelte allerdings nicht aus eigenem Antrieb, einer der hier anwesenden Herren stiftete ihn gegen eine Belohnung von fünftausend Reichstalern zu dieser Untat an."

Er wandte sich zum Bürgermeister hin.

„Tretet vor den Kaiser ! Bekennt vor ihm und unter seinem Schutz alles. Niemand soll denken, ich habe Euch zu diesem Geständnis gezwungen."

Bei dem Wort 'Prachatitz' spitzten die Vertreter der böhmischen Stände die Ohren. Die Geheimschreiberin des Reichsgrafen eine böhmische Edelfrau ? Wer mochte sie sein ? Niemand kannte eine Adelsfamilie, welche sich 'von Prachatitz' nannte.

„Schaut Euch doch einmal diese Ähnlichkeit an !" raunte Stefan von Budweis dem Grafen Anton von Teplitz zu, „Graf Wenzel hatte eine illegitime Tochter, die in Prachatitz aufwuchs und zu Beginn des Krieges verschwand."

Der Graf schüttelte den Kopf.

„Das sind doch nur alles Gerüchte."

„Nein, nein, es sind Tatsachen, „versammelt alle, denen wir vertrauen können, heute abend bei Euch. Ich habe etwas Wichtiges mitzuteilen."

Der Bürgermeister trat vor den Kaiser.

„Ich will alles gestehen", begann er, „der Bischof von Würzburg suchte mich vor zwei Tagen auf. Er sagte, die Hexe müsse verschwinden. Er selbst könne sie nicht ermorden lassen, bat mich daher um Hilfe. Er versprach eine hohe Belohnung. Eintausend Reichstaler gab er mir gleich, viertausend weitere sollte ich nach Ausführung der Tat erhalten."

„Der Bischof muß für seine ruchlose Tat hart bestraft werden", schallte es aus der Menge, „macht ihm den Prozeß ! Hängt ihn an den Galgen."

Entsetzen packte den Bischof.

„Warum soll ich alleine für das büßen, was Ihr eine Missetat nennt ? Der ehrenwerte Bischof von Bamberg sprach als erster diesen Gedanken aus.

117

Und der ehrenwerte Erzbischof von Salzburg und der ehrenwerte Fürstbischof von Trient haben den Plan unterstützt."

Er verlor nun vollkommen die Fassung.

„Was haben wir denn getan ? Wer ist denn diese Edelfrau von Prachatitz. Sie ist doch nichts weiter als eine heruntergekommene Landstörzerin und Hure, eine Ausgeburt der Hölle. Sie will uns die von Gott gegebene Herrschaft entreißen. Sie hat den Reichsgrafen verhext, ihm auch noch das Leben gerettet als der mit seinen Schergen meine Männer heimtückisch überfiel, diese sich wehrten und dabei waren, diese Räuberbrut zu vernichten. Sie hat den Erzbischof von Mainz verhext, so daß er zum Verräter am wahren christlichen Glauben wurde und ihr nun als Geselle dient im Kampf gegen die heilige Kirche. Sie will den Ketzerglauben im Reich zur Herrschaft bringen. Sie zieht doch im Hintergrund die Fäden und dieser Friedensreichstag zielt doch nur darauf ab, den wahren Glauben zu vernichten. Sie ist die Braut des Teufels ! Sie gehört auf den Scheiterhaufen. Und jeder anständige Mann sollte mir beistehen."

Unruhe brach im Saal aus. Anton von Teplitz erhob sich.

„Veronica von Prachatitz ist eine böhmische Edelfrau. Und wir dulden nicht, daß sie aufs unflätigste beschimpft und ermordet wird. Alle böhmischen Stände fordern strengste Bestrafung des Bischofs und seiner Spießgesellen, den Tod am Galgen !"

Der Kaiser erschrak. Die Haßrede des Bischofs hatte die protestantischen Fürsten empört. Sie blickten ihn giftig an. Und den böhmischen Adel konnte er nun nicht auch noch gegen sich aufbringen.

„Was verlangt Ihr also, meine Herren ?"

Seine Stimme klang unsicher.

Da trat der Reichsgraf von Lichterau hervor.

„Ich verstehe Eure Erregung meine Herren. Beruhigt Euch bitte. Die Sinne des Bischofs sind verwirrt. Er kann Wahrheit und Lüge nicht mehr unterscheiden. Nicht ich habe seine Männer überfallen, sondern seine Schergen haben uns angegriffen. Und die Edelfrau Veronica hat mir in schwerster Not tapfer zur Seite gestanden. Ich habe ihr mein Leben zu verdanken. Das ist die Wahrheit. Und was den Bischof betrifft, so seht es ihm nach. Er weiß nicht mehr was er redet. Gott möge Mitleid mit ihm haben und ihm seinen Verstand wiedergeben. Eine Hinrichtung dieser Kirchenfürsten wird den Haß wieder aufleben lassen und den Krieg zu

118

neuem Leben erwecken. Aber es soll nicht noch mehr Blut fließen. Veronica von Prachatitz steht in meinen Diensten. Und es ist daher zuvörderst mein Recht Bestrafung zu fordern."

„Und was fordert Ihr, Reichsgraf?" fragte der Kaiser.

„Ich verlange die Absetzung dieser vier geistlichen Herren und ihre Verbannung in möglichst weit voneinander entfernte Klöster. Ihre weltlichen Herrschaften soll aufgelöst werden. Das ist sehr gnädig. Doch sind wir nicht zusammengekommen um endlich Frieden zu schließen?"

Der Kaiser überlegte kurz. Er dachte an die Worte des Herzogs von Bayern und den Gewinn, der ihn erwartete.

„Ich sehe das auch so", erwiderte er feierlich, „die Forderung erscheint mir milde und gerecht. Ich teile sie voll und ganz. Wie seht Ihr das, meine Herren? Wer mir zustimmt, der erhebe die Hand."

Ein Murmeln ging durch den Saal. Endlich erhoben sich die ersten Hände, immer mehr folgten. Die Erzbischöfe von Trier und Köln, sowie der Fürstbischof von Münster, welche nahe beieinander saßen. starrten sich an.

„Dieser Dummkopf", flüsterte der Erzbischof von Köln, „nun ist alles verdorben und verloren. Es gibt keine Möglichkeiten zu Verhandlungen mehr. Wir werden uns dem Unvermeidlichen fügen und auf unsere Herrschaften verzichten müssen. Wir werden keine Fürsprecher finden."

Am Abend saßen zahlreiche Vertreter der böhmischen Stände im Quartier des Grafen von Teplitz zusammen.

„Ich habe Euch etwas wichtiges mitzuteilen", begann Stefan von Budweis, „ihr wißt, wir waren einst die protestantischen Herren in Böhmen. Wir haben uns damals alle dem Aufstand gegen die katholischen Österreicher, die uns unterdrückten, angeschlossen. Graf Wenzel, obwohl selbst noch katholisch, war unser Führer. Viele Siege errangen wir, doch dann fielen wir dem Verrat zum Opfer, verloren den Kampf. Graf Wenzel floh zum Sultan nach Konstantinopel. Aber wir alle denken noch mit Stolz an ihn. Er war ein großer Mann, tapfer, klug und gerecht. Selbst die katholischen Böhmen verehren ihn, fordern zusammen mit uns seine Rehabilitierung. Dem stimmt Ihr mir doch zu?"

„Ja, natürlich", riefen alle wie aus einem Mund.

„Und diese Veronica von Prachatitz ist seine Tochter!"

„Seine Tochter?" erschall es.

„Ja, es kann nicht anders sein. Sie ist sein Ebenbild. Ihr kennt den Grafen nur als bärtigen Mann. Ich aber war bereits in Knabenjahren sein Spielgefährte; die Ähnlichkeit ist groß. Habt ihr den kecken Blick in ihren Augen gesehen ? Das ist der Blick Graf Wenzels ! Er war unser Führer im Kampf gegen die Österreicher, wurde durch Verrat besiegt, floh außer Landes. Und wir mußten unsere Nacken unter den Kaiser beugen. Und nun bringt uns seine Tochter die Freiheit."

Tränen traten ihm in die Augen.

„Ihr phantasiert, Herr von Budweis", sprach Pavol von Klattau, „Graf Wenzel hatte nie eine Tochter."

„Nein, meine Herren, Graf Wenzel hatte eine illegitime Tochter. Das weiß ich genau. Ihre Mutter war die Zofe der Gräfin. Graf Wenzel brachte sie zur Entbindung auf mein Schloß. Dort gebar sie ein Mädchen, welches auf den Namen Veronica getauft wurde. Da die Mutter das Kind nicht behalten durfte, übergab man es der Zofe meiner Mutter. Die Frau schied aus meinen Diensten aus, siedelte dann nach Prachatitz über, zog das Kind dort groß. Das Mädchen genoß eine gute Erziehung, da der Graf stets für ihr Wohlergehen sorgte. Als die Kaiserlichen im zweiten Kriegsjahr die Stadt stürmten wurde das Kind verschleppt, gilt seitdem als verschwunden."

„Aber das ist doch alles ungewiß", gab Anton von Teplitz zu bedenken, „nichts ist erwiesen. Und es heißt auch, die Edelfrau Veronica sei niemand anders als die berüchtigte Landstreicherin und Marketenderin Courasche."

„Die Courasche ?" ertönte es nun von allen Seiten, man rief wirr durcheinander.

„Die Courasche – eine Hure, die ihrer Leidenschaft frönte wie keine andere Frau."

„Die Courasche – eine Kämpferin, die sich in das wildeste Kampfgeschehen stürzte."

„Die Courasche – sie bezwang viele, die sich für Helden hielten, machte mehr Beute als mancher Mann."

„Die Courasche – sie war klug, listig, schlug sich überall durch, machte Geschäfte wie keine Zweite."

„Da seht Ihr es", rief Stefan von Budweis nun mit lauter Stimme, „Mut, Kraft, Leidenschaft und Verstand. Das waren auch die Eigenschaften des Grafen Wenzels. Kein anderer Mann kann solch eine Tochter zeugen."

Seine Stimme überschlug sich.

„Habt Ihr die Ketten an ihren Händen gesehen? Sie hat sie aus der Wand gerissen. Welche Frau bringt das zustande? Ja, sie hat ein starkes Herz, sonst wäre sie schon längst zugrunde gegangen. Meßt sie nicht an Euren verzärtelten und ehrbaren Damen!"

„Beruhigt Euch, Herr", fiel ihm nun Pavol von Klattau in die Rede, „das klingt alles so märchenhaft. Wer wird uns glauben?"

Der Graf von Teplitz lächelte.

„Gegenwärtig vermutlich niemand. Aber bedenklich ist die Sache schon. Wir sollten Erkundigungen einziehen."

Kapitel 18: Wie der Kaiser die Edelfrau Veronica von Prachatitz zur Audienz empfing

„Eine beeindruckende Frau, diese Veronica von Prachatitz. Der Auftritt vor dem Reichstag gestern war hervorragend inszeniert. Da steckte natürlich der Reichsgraf dahinter. Aber, wer mag sie nur sein ? Ihr Name klingt böhmisch. Ich kenne aber keine Adelsfamilie in Böhmen, die so heißt."

Der Kaiser wandte sich fragend an Ottokar, den Grafen von Tirol und Baron Karel von Kladno, die er zu einer Beratung einbestellt hatte.

„Der Reichsgraf von Lichterau nennt sie so", begann nun Ottokar, „weil sie in Prachatitz aufgewachsen sein soll. In Aschaffenburg hat er sie dem Sekretär des Erzkanzlers sogar als Gräfin vorgestellt, da sie angeblich die illegitime Tochter eines böhmischen Grafen sein soll."

„Davon gibt es sehr viele", warf von Kladno ein, „aber sie erzeugte Unruhe unter den böhmischen Herren. Sie trafen sich am Abend zu einer Beratung."

„Und über was wurde beraten ?" fragte der Kaiser.

„Ich weiß es nicht", antwortete Karel, „ich war nicht eingeladen. Aber es trafen sich alle, welche sich dem Aufstand Graf Wenzels angeschlossen hatten. Das muß etwas bedeuten."

„Das mag sein", fuhr Ottokar fort, „in allen Heeren kennt man sie allerdings unter dem Namen Courasche."

„Courasche ?" wunderte sich der Kaiser.

„Nun ja", lachte Ottokar, „sie hat viele Eigenschaften: Marketenderin, Hure, Ehefrau von Offizieren. Sie nahm an Schlachten teil, machte Gefangene, machte große Beute, wie man sagt. Von Lichterau hat sie im vorigen Jahr, ein paar Tage nach der Schlacht bei Hanau, in Frankfurt vom Galgen losgekauft, das ist sicher. Sie war dort wegen Hurerei und Hexerei verurteilt worden."

Der Kaiser wiegte den Kopf hin und her.

„Von Lichterau ist ein kluger und fähiger Mann. Mit ihm als Heerführer hätten wir die Schlacht bei Eichstätt gewonnen."

Der Graf von Tirol blickte säuerlich.

„Der wußte doch genau, was die für ein Mensch ist", fuhr der Kaiser fort, „warum hat er sie dann in seine Dienste genommen und gibt sie als

Edelfrau aus."
Er schwieg kurz.
„Nun ja, klug ist sie auf jeden Fall. Es heißt, viele Vorschläge des
Reichsgrafen stammen von ihr."
„Aus Böhmen stammt sie sicher", warf nun Baron Karel ein, „sie
beherrscht die böhmische Sprache in Wort und Schrift. Darauf kann ich
jeden Eid ablegen. Ich erfuhr es, als ich einmal den Reichsgrafen
aufsuchte. Und über eine hervorragende Bildung verfügt sie auch. Nein,
nein, sie ist keine Bauernmagd oder Handwerkerstochter und schon gar
nicht ein Weib aus dem niederen Volk. Betrachtet doch nur ihre
Umgangsformen. Ich sage Ihnen, sie stammt aus vornehmem Geblüt."
„Eine Hure aus vornehmem Geblüt !" lachte Ottokar, „Ihr treibt Euren
Spott mit uns, Herr Baron."
In dessen Gesicht zeigte sich Zornesröte.
„Ihr habt den Krieg aus sicherer Entfernung, in Bozen, hinter dem
Brenner, erlebt. Und als Euch einmal ein Heer anvertraut wurde, habt Ihr
die Schlacht verloren. Was wißt Ihr denn vom Krieg ? Was er aus dem
Menschen gemacht hat ! Ich habe oft erlebt, daß Edelleute zu Tieren, ja
zu Bestien wurden."
„Das ist eine Beleidigung. Ich verlange Genugtuung", brauste Ottokar
auf.
Der Kaiser mischte sich nun ein.
„Was wollt Ihr ? Genugtuung ? Das verbiete ich Euch ! Sollen sich etwa
meine Berater wegen einer Hure schlagen ?"
„Verzeiht mir meine Heftigkeit, Majestät. Aber ich fürchte, die
Angelegenheit ist sehr ernst."
„Was ist ernst, Baron ?"
„Nun Majestät, laßt mich fortfahren. Diese Veronica oder Courasche hat
wohl eine Erziehung erhalten, wie sie einer Edelfrau zukommt, auch
wenn sie durch die Kriegsereignisse in den Stand der unehrlichen Leute
herabgesunken ist."
Er überlegte kurz.
„Ich weiß nicht, ob ich es Euch sagen darf, Majestät, zürnt mir bitte
nicht. Aber vielleicht ist es wichtig. Es heißt, Graf Wenzel habe eine
illegitime Tochter."
„Graf Wenzel ? Der oberste Berater meines Vaters, der dem wahren
Glauben untreu wurde, zum Verräter, die protestantischen Empörer

123

anführte und nach deren Niederlage zur Hohen Pforte floh ?"

„Ja, genau den meine ich, Majestät. Die Tochter soll in Prachatitz bei einer Kostfrau aufgewachsen sein. Sie ist verschollen. Sie müßte jetzt so etwa dreißig Jahre alt sein."

„Dreißig Jahre ?" der Kaiser blickte Karel entsetzt an, „das Alter könnte hinkommen. Ihr vermutet also, die Courasche ... ?"

Er sprach nicht weiter.

„Ausschließen kann man nichts", entgegnete Karel von Kladno.

„Sollte wirklich diese Courasche die Tochter des Grafen Wenzel sein ?" der Kaiser blickte noch immer ungläubig, „unvorstellbar ! Die Rehabilitierung des Grafen ist eine Forderung aller böhmischen Stände ! Nein, das muß unbedingt nachgeprüft werden ! Ich werde sofort der Kaiserlichen Kanzlei in Wien eine entsprechende Depesche senden."

Der Kaiser entließ die Edelleute, sie traten ab.

„Wie dem auch sei, Majestät", begann der Geheimsekretär, welcher zurückgeblieben war, „ich halte es für ratsam, diese Frau einmal kennenzulernen. Ladet sie zu einer Audienz ein. Schaden kann es nicht. Seht, Majestät, der Erzkanzler hat neulich auch mit ihr konversiert. Sie übt mächtigen Einfluß auf den Reichsgrafen von Lichterau aus. Vielleicht können wir uns das zunutze machen."

Der Kaiser überlegte eine Weile.

„Das ist kein schlechter Vorschlag, bestellt sie ein."

Zwei Tage später betrat Veronica das kaiserliche Kabinett.

„Ich wünsche Euch einen guten Tag, Majestät", sprach sie unter Bezeugung der geforderten Ehrerbietung, „Ihr habt mich einbestellt."

Der Kaiser erwiderte den Gruß, bat sie Platz zu nehmen.

„Ihr stammt aus Prachatitz ?" begann er, „Ihr seid also meine Untertane ?"

„Ich bin in der Stadt aufgewachsen", antwortete sie, „meinen Geburtsort kenne ich nicht, meine Herkunft liegt im Dunkeln."

„Es heißt, Ihr seid die Tochter eines böhmischen Grafen."

„Meine Kostfrau erwähnte dies einmal, einen Namen nannte sie allerdings nicht."

„Nun ja", lächelte der Kaiser, „jedenfalls habt Ihr bisher keinen gräflichen Lebenswandel geführt. Dennoch, Ihr müßt eine adelige

Erziehung genossen haben. Euer Wissen und Eure Bildung habt Ihr mit Sicherheit nicht auf der Landstraße oder in Soldatenlagern erworben."

„Die Umstände ergaben es, Majestät. Der Krieg kam in unsere Stadt. Man kann sagen, ich wurde geraubt. Ein Rittmeister nahm mich schließlich in seine Dienste. Und so wurde ich selbst Teil des Krieges. Und da der Krieg schlecht ist, wurde ich auch schlecht, wie alle, welche Teil des Krieges sind. Man kann auf sehr viele Arten schlecht sein."

„Das mag sein. Aber ich habe Euch nicht einbestellt um über Eure Vergangenheit zu disputieren. Ihr übt einen gewaltigen Einfluß auf den Reichsgrafen von Lichterau aus. Es heißt, viele seiner Friedensvorschläge stammen aus Eurer Feder."

„Nun, der Reichsgraf bittet mich des öfteren um meine Ansicht in diesen oder jenen Angelegenheiten. Deswegen hat er mich auch in seine Dienste genommen, als Geheimschreiberin, nicht als Kurtisane, wie böswillige Männer hinter vorgehaltener Hand behaupten. Jedoch liegt es nicht in meiner Macht, meine Ansichten als Friedensvorschläge in den Reichstag einzubringen. Das ist die Angelegenheit der protestantischen Fürsten und des Reichsgrafen. Sie müssen also nach langer Beratung zu dem Schluß kommen, daß meine Ansichten vernünftig sind."

„Es sind harte Vorschläge."

„Zürnt mir nicht, Majestät, aber Ihr hättest bessere Bedingungen erreicht, wenn Ihr Euch früher zum Frieden entschlossen hättet. Vor der Schlacht bei Hanau beherrschtet Ihr noch den gesamten Süden des Reiches."

Der Kaiser wiegte den Kopf.

„Ein Sieg schien uns damals gewiß. Wir glaubten an ihn. Er hätte uns die Herrschaft über Hessen und Thüringen gesichert und waren der Ansicht, daß dann der Bund der Protestanten zerfällt."

„Seht Ihr, Majestät, der Krieg war damals bereits militärisch sinnlos geworden, zum Glücksspiel herabgesunken. Alles stand auf des Messers Schneide. Und je nachdem wie der nächste Stoß ausfallen würde, war die Sache der einen oder anderen Partei verloren. Einer der Gegner mußte in den Abgrund stürzen. Euch war das Glück nicht hold. Doch Ihr habt es noch einmal herausgefordert, ein neues Heer aufgestellt und verlort erneut. Und dem müßt Ihr nun Rechnung tragen."

„Das sind harte Worte."

„Möglich. Aber es ist nur die eine Seite. Würden die Protestanten Euch nun vernichten, dann würden sie auch das Reich zerstören. Das ist aber

nicht ihre Absicht. Deswegen zog der Reichsgraf auch nicht gegen München und gegen Wien. Es muß nun ein Frieden geschlossen werden, der versöhnt und das Reich stärkt. Seht das nicht als Niederlage an. Ihr werdet Macht abgeben müssen, Ihr werdet aber auch Macht gewinnen. In anderen Ländern beherrschen die Könige die Fürsten, nur im Deutschen Reich beherrschen die Fürsten den Kaiser. Dies muß sich ändern. Das Reich braucht einen starken Kaiser. Und Ihr sollt es sein. Denn sonst werden Schweden, Dänen, Franzosen und Türken das Reich untereinander aufteilen. Viel mehr kann ich nicht sagen. Und es steht auch nicht in meiner Macht Vereinbarungen mit Euch zu treffen."
Sie schwieg kurz.
„Aber wenn ich Euch einen Rat geben darf: Laßt die Kirchen und die Religion außen vor. Spielt es denn eine Rolle, ob der Pfaffe bei der Kommunion den Meßwein an die Gemeinde austeilt oder ihn selbst säuft? Streitet Euch doch nicht wegen solcher Nebensächlichkeiten ! Und Männern, welche dies für wichtig halten, gebührt keine weltliche Macht. Das sind kleine Geister, die niemals große Taten vollbringen werden. Diese aber sind gefordert. Das Reich liegt darnieder. Bringt es wieder zum Blühen !"
Der Kaiser schaute sie lange an ohne ein Wort zu sagen.
„Ihr seid offen und ehrlich", brachte er endlich hervor, „kein Mann hätte so mit mir geredet."
Veronica lachte.
„Wieso ? Eifert Ihr denn dem Sultan nach und umgebt Euch mit Eunuchen ?"
Der Kaiser schwieg.
„Ich wollte Eure Ansichten zu den Friedensvorschlägen hören. Dem habt Ihr Genüge getan. Ich bitte Euch dennoch nicht zu gehen, sondern mit mir zu Abend zu speisen. Ihr sagtet, ich solle das Reich wieder zum Blühen bringen. Und wie ich Euch nun kennenlernte, so habt Ihr doch sicher zahlreiche Vorschläge hierzu. Darf ich sie erfahren ?"
„Warum nicht, Majestät. Der Frieden ist das nächste Ziel, das morgen. Man muß aber auch an die Zukunft denken, das übermorgen."
Erst gegen Mitternacht verabschiedete sich Veronica von dem Kaiser. Eine Kutsche, begleitet von fünf Reitern zu ihrem Schutz, brachte sie in ihr Quartier zurück.

Noch bevor er zu Bett ging ließ der Kaiser seinen Geheimsekretär wecken und befahl ihn zu sich.

„Was gibt es so wichtiges, Majestät?" fragte der, noch schlaftrunken.

„Eine ungewöhnliche Frau", sagte der Kaiser, „mit Sicherheit ist sie Graf Wenzels Tochter. Wer sollte sonst so klug sein? Und wer sonst hätte es gewagt, derart mit mir zu reden? Wir sollten zwei Dinge ins Auge fassen: zum einen müssen wir ihr Genugtuung leisten, schon deshalb um sie uns gewogen zu stimmen, denn ich wünsche auch in Zukunft ihren Rat. Trefft die nötigen Vorkehrungen."

„Wie meint Ihr das, Majestät?"

„Ihr habt doch Verstand, denkt Euch etwas aus."

Der Geheimsekretär überlegte kurz.

„Gründet eine Grafschaft für sie, Majestät."

Der Kaiser nickte zustimmend.

„Ein guter Gedanke."

Kapitel 19: Wie der Friede beschlossen wurde

Die Verhandlungen zogen sich hin. Meist trafen sich jetzt die Abordnungen der Protestantischen Union und der Katholischen Liga untereinander, nur an einem Tag der Woche debattierte man gemeinsam auf dem Reichstag.

Die Neueinteilung des Reiches in zwölf Kurfürstentümer und die Stärkung der Kaisermacht war insbesondere bei den protestantischen Fürsten umstritten. Diese forderten mehr Selbständigkeit, lehnten eine Ausweitung der Kaisermacht ab. Der Kaiser sollte ihrer Meinung nach nur noch eine Symbolfigur für die Einheit des Reiches sein, ohne jegliche Macht.

„Wenn Eure Wünsche in die Tat umgesetzt werden, dann brauchen wir überhaupt keinen Kaiser mehr", schleuderte ihnen der Reichsgraf von Lichterau entgegen, als dieser Sachverhalt wieder einmal diskutiert wurde, „weil das Reich dann nicht mehr existieren wird. Dänen, Schweden, Franzosen, Türken und vielleicht auch der König von Polen, werden ihren Teil fordern und je nachdem, wer über Euch herrscht, werdet ihr Katholiken, Protestanten oder Anhänger der muselmanischen Religion sein. Und ihr werdet zu Untertanen herabsinken, die niemand mehr achtet. Und ihr werdet für die Reste, welche von den Tafeln eurer neuen Herren abfallen, dankbar sein müssen."

Er blickte die Vertreter der Protestantischen Union scharf an, fuhr dann fort.

„Ihr könnt Euch weiter streiten, meine Herren. Aber wenn Ihr nicht bereit seid, einen Frieden zu schließen, einen wirklichen Frieden, dann dürft Ihr mit meinen Diensten nicht mehr rechnen. Ich werde den Oberbefehl über die Truppen der Protestantischen Union niederlegen, meinen Besitz verkaufen, in die englischen Kolonien in Amerika gehen und dort Land erwerben. Dort sind tüchtige Männer gefragt, im Reich offenbar nicht. Hier braucht man nur geistige Eunuchen, engstirnige Streithähne."

Die Drohung erschien zahlreichen protestantischen Herren bedenklich. Nur Dank der Tatkraft des Reichsgrafen waren die Siege erfochten worden. Legte er sein Amt nieder, mußte sich das Heer unbedingt auflösen, da es niemanden gab, der ihm an Tüchtigkeit glich.

128

Dann würden sich die Scharmützel noch über Jahre fortsetzen. Das schreckte sie.

Es bedurfte aber noch zahlreicher Verhandlungen bis die mächtigsten unter den protestantischen Fürsten, allen voran der Herzog von Sachsen und der Markgraf von Brandenburg, den Vorschlägen zur Neuordnung des Reiches zustimmten.

Die katholischen Fürsten befanden sich in einer ungünstigeren Lage. Es blieb nicht viel Raum zum Streit, auch wenn die Ansichten sehr weit auseinander gingen. Der Erzbischof von Mainz befürwortete und unterstütze die Vorschläge des Reichsgrafen weitgehend. Zumal auch zu Beschluß stand, Erfurt zur Kaiserstadt und damit zur Hauptstadt des Reiches zu erheben und er mit der Stadt, eine, wenn auch kleine weltliche Herrschaft erhalten sollte. Der Herzog von Bayern sah sich nach der verlorenen Schlacht bei Eichstätt an der Seite des Kaisers in einer ungünstigen Lage. Er wollte nicht zu den Verlierern gehören, spielte daher ein doppeltes Spiel. Er schwenkte auf die Linie des Reichsgrafen ein, stützte den Erzbischof von Mainz ohne sich aber in Gegnerschaft zu dem Kaiser zu begeben. Die Auflösung des Verbundes Österreich – Böhmen bewertete er günstig für sich. Denn dann hatte er im Osten keinen mächtigen Nachbarn mehr.

Die Kirchenfürsten von Würzburg, Bamberg, Salzburg und Trient hatten nach dem mißglückten Anschlag auf Veronica von Prachatitz jegliche Achtung bei ihren vormaligen Verbündeten verloren. Niemand hörte mehr auf sie. Sie durften sich glücklich schätzen, daß ihnen die Gnade gewährt wurde, bis zum Friedensschluß noch in Freiheit leben zu dürfen und erst dann in Klöster verbannt zu werden.

Der Kaiser letztlich zog aus dem Gespräch mit Veronica den Schluß, daß der Vorschlag einer Stärkung seiner Macht durchaus ernst gemeint war und er zum wirklichen Herrscher des Reiches aufsteigen sollte. Und nachdem die mährischen Stände mit den böhmischen uneins waren und ebenso wie die schlesischen Stände weiterhin eine Zugehörigkeit zu Österreich befürworteten, er außerdem Salzburg und Trient erhalten sollte, schien ihm der Verlust Böhmens als erträglich.

Und so gelang es schließlich, ein Vertragswerk zu erstellen, in welchem die Neugliederung des Reiches und die politische Neuordnung festgelegt wurden. Religionsfreiheit wurde gewährt und jedermann besaß das Recht die Konfession zu wechseln, wenn er das aus Gewissensgründen für notwendig erachtete.

Den Pfaffen nahm man die politische Macht, überließ ihnen aber ansonsten ihren Besitz, gewährte ihnen auch um sie versöhnlich zu stimmen, den zwanzigsten Teil des Steuereinkommens in den jeweiligen Kirchensprengeln.

Keine Einigung wurde hinsichtlich der Leibeigenschaft erzielt. Und so überließ man es den Kurfürsten, sie in ihren Territorien abzuschaffen oder beizubehalten.

Hexenprozesse und Hexenverbrennungen wurden im gesamten Reich ausnahmslos verboten.

Und so konnte schließlich, fast ein halbes Jahr nach Beginn der Verhandlungen, das Friedensabkommen feierlich unterzeichnet werden.

Kapitel 20: Wie der Kaiser die Grafschaft Prachatitz schuf und sie der Edelfrau Veronica vermachte

Am Abend nach der Unterzeichnung des Friedensabkommens lud der Kaiser zu einem großen Festmahl ein, zu welchem sich alle hohen Würdenträger, Herzöge, Markgrafen, Reichsgrafen, Erzbischöfe und Bischöfe versammelten. Die Gäste waren überwiegend Herren, nur wenige fanden sich in Begleitung ihrer Gemahlinnen ein. Veronica wunderte sich daher, als am Nachmittag ein Bote des Kaisers erschien und ihr eine Einladung zu der Feier überbrachte.

„Was hat das zu bedeuten? Kannst du dir einen Reim darauf machen?" fragte sie Peter.

Der schüttelte den Kopf.

„Zweifelsohne handelt es sich um eine besondere Ehre, für die es unbedingt Gründe geben wird. Ich kenne sie allerdings nicht."

Nachdem die Tafel abgeräumt war, trat der Kaiser hervor, gebot Ruhe.

„Nach diesem langen Krieg mit all seinen Schrecken ist es nun endlich gelungen einen Vertrag zu schließen, der nicht nur allen Ständen Frieden bringt, sondern auch das Reich stärkt, so daß wir die Feinde, welche an unseren Grenzen lauern, nun zurückweisen können. Wir haben Euch hier versammelt, meine Herren, nicht nur um den Frieden zu feiern, sondern auch um die neuen Würdenträger des Reiches in ihr Amt einzuführen. Zuvor wollen wir aber noch einen Beschluß verkünden. Ein Reich braucht eine Hauptstadt. Nach langen Verhandlungen haben wir uns entschlossen, Erfurt diese Ehre zuteil werden lassen und der Stadt den Titel 'Kaiserstadt' zu verleihen. Hier werden sich alle kaiserlichen Ämter und Kanzleien ansiedeln, welche der Leitung des Reichs-erzkanzlers, des Erzbischofs von Mainz, unterstehen werden. Hier werden künftig auch alle Reichstage abgehalten und die Zusammen-künfte des Reichsrates stattfinden. Regiert wird die Stadt vom Reichserzkanzler. Der Kaiser wird die Regierungsgeschäfte von seiner kurfürstlichen Residenz aus führen und nur in wichtigen Angelegen-heiten in die Hauptstadt reisen."

Er pausierte kurz, nahm einen kräftigen Schluck Wein.

„Es ist nun an der Zeit, die höchsten Würdenträger des Reiches in ihr

Amt einzuführen. Wir bitten daher alle Kurfürsten und den Kurschultheiß, den Vertreter der Reichsstädte, hervorzutreten."

Die Kurfürsten von Sachsen, Thüringen, Brandenburg, Mecklenburg, Engern, Westfalen, Lothringen, Franken, Schwaben, Bayern und Böhmen traten hervor. Der Kaiser, welcher Kurfürst von Österreich war, gesellte sich zu ihnen. Der Reichserzkanzler und Erzbischof von Mainz hob nun an zu sprechen.

„Im Namen des Kaisers bin ich beauftragt den Kurfürsten die Zeichen ihrer neuen Würde zu überreichen und sie somit in ihr Amt einzuführen. Er hängte nun jedem die Amtskette um. An deren unterem Ende befand sich eine goldene Plakette, in welche die Insignien des Reiches eingraviert waren. Umrahmt wurde sie von zwölf silbernen und einer goldenen Plakette, welche die Insignien der Kurfürstentümer und der Reichsstädte trugen. Die Scheibe, welche das eigene Kurfürstentum repräsentierte, war aus Gold gefertigt. Hernach huldigten die neuen Herren dem Kaiser, begaben sich unter den 'Hoch – Rufen' der Anwesenden zurück auf ihre Plätze.

Nach einigen Augenblicken gebot der Kaiser Ruhe.

„Es wurde im Friedensvertrag beschlossen", sprach er nun, „alle fürstlichen Heere aufzulösen und eine Reichsarmee, welche alleine dem Kaiser untersteht, aufzustellen. Zu ihrem obersten Führer ernenne ich den Reichsgrafen Peter von Lichterau, welcher den Titel 'Reichsgeneralfeldmarschall' tragen möge. Dem Rang nach ist er ebenso wie der Kurschultheiß den Kurfürsten gleichgestellt und wird auch Mitglied des Reichsrates sein. Von seinem Amt kann er nur durch einstimmigen Beschluß aller zwölf Kurfürsten abberufen werden."

Peter trat vor den Kaiser. Dieser überreichte ihm das neu angefertigte Reichsschwert, eine reich verzierte Waffe, welche zwischen Griff und Schneide eine goldene Plakette mit den Reichsinsignien trug. Peter dankte, begab sich auf seinen Platz zurück.

Der Kaiser nahm einen großen Schluck Wein, hob dann an erneut zu sprechen.

„Der Friede ist nun beschlossen und möge dem Reich zum Segen wirken. Daß all dies erreicht wurde, haben wir nicht zuletzt den klugen Ratschlägen einer Person zu verdanken, die allerdings im Hintergrund wirken mußte, weil sie als Frau nicht berechtigt war, an den Beratungen teilzunehmen. Nun soll ihr aber eine Belohnung für ihre Verdienste zuteil werden. Ich habe daher in Böhmen die Grafschaft Prachatitz gegründet, welche Frau Veronica, der Geheimschreiberin des Reichsgrafen Peter von Lichterau, als Besitz übereignet werden soll. Tretet bitte hervor, Reichsgräfin Veronica von Prachatitz, um die Besitzurkunde aus meiner Hand in Empfang zu nehmen."

Ein Raunen ging durch den Saal.

Veronica schaute Peter verwirrt an.

„Bin wirklich ich damit gemeint?"

„Ich sehe sonst keine Edelfrau im Saal, die vom Kaiser angesprochen worden sein könnte."

Veronica erhob sich, schritt langsam nach vorne.

„Was denken jetzt wohl all diese versammelten Fürsten, Kirchenmänner und Edelleute?" sagte sie zu sich selbst, „eine Hure wird vom Kaiser geadelt und in den Reichsgrafenstand erhoben! Welche Zeiten, welche Sitten!"

Der Kaiser reichte ihr freundlich die Hand, küßte sie, überreichte ihr die Urkunde, gebot ihr dann sich neben ihn zu setzen.

„Ihr hattet ein schweres Los, Reichsgräfin", begann er dann leise, „und Euer Leben war nicht immer das, was man als tugendhaft bezeichnen kann. Nehmt die Ehrung an, Ihr habt sie nicht nur verdient, Euch kommt damit auch Euer Recht zuteil. Unsere Nachforschungen haben ergeben, daß Ihr tatsächlich die Tochter des Grafen Wenzel seid, einst ein enger Berater meines Vaters. Ihr seid also von edlem Geblüt. Er schloß sich allerdings den protestantischen Rebellen an, verfiel der Reichsacht, floh zum Sultan nach Konstantinopel. Seine Güter wurden eingezogen. Nehmt also die Grafschaft als Entschädigung für euren verlorenen Besitz."

„Majestät, ich war doch nur eine illegitime Tochter. Ich war ohnehin nicht erbberechtigt."

„Da seid Ihr nicht unterrichtet. Ihr wart sein einziges Kind, denn Eure beiden Brüder starben noch im Säuglingsalter. Solange seine Gattin lebte mußte Euer Vater Euch freilich verleugnen. Nach ihrem Tod bestand hierfür jedoch kein Grund mehr und der Graf wollte Euch offiziell als Tochter anerkennen und Euch als Erbin aussetzen. Die Urkunden waren bereits aufgesetzt, es fehlte nur noch die kaiserliche Beglaubigung. Und dann brach die Rebellion der böhmischen Protestanten aus. Sie wurde deshalb nie erteilt."

Veronica schaute den Kaiser groß an.

„Das war mir alles nicht bekannt. Es lagen also nur ein paar Monate zwischen einem sich anbahnenden Glück und all dem Unheil und Schmutz, den ich durchleben mußte."

„So ist es, Reichsgräfin. Das Schicksal hat Euch übel mitgespielt und Euch einen schlechten Ruf beschert. Wie aber wäre es Euch als Tochter eines Rebellen ergangen ? Ihr hättet mit Eurem Vater fliehen müssen, wärt vielleicht in einem Kerker gelandet und dort verschmachtet. Es ist nicht gesagt, daß Euch als Tochter Graf Wenzels ein besseres Schicksal zuteil geworden wäre. Doch Ihr habt ein starkes Herz und Euer Leben gemeistert. Eure Vergangenheit könnt Ihr nicht mehr ändern, aber Ihr könnt Eure Zukunft gestalten. Geht also hin und zeigt Euch Eurer neuen Ehre würdig. Laßt die Courasche tot sein, seid nur noch die Reichsgräfin von Prachatitz. Und begebt Euch zu Eurem Reichsgrafen. Ich weiß, er liebt Euch und Ihr liebt Ihn. Aber bisher fühltet Ihr Euch tief unter ihm stehend, saht Euch als seine Mätresse. Das braucht Ihr nun nicht mehr. Ihr seid ihm jetzt ebenbürtig. Dabei wart Ihr ihm auch als Courasche würdig."

Der Kaiser blickte sie verschmitzt an.

„Denkt daran, Menschen können nur dann auf gleicher Augenhöhe stehen, wenn sie einander achten. Und der Reichsgraf achtet Euch, er hat Euch immer geachtet."

Veronica kehrte zu ihrem Platz zurück. Peter empfing sie freudestrahlend, küßte sie auf die Stirn.

„Mehr ist leider vor all diesen Herren nicht schicklich", sagte er lächelnd, „habe ich dich nicht bereits in Aschaffenburg als Gräfin von Prachatitz vorgestellt ?"

„Das war doch nur ein Scherz. Du hast doch all dies nicht gewußt."

„Scherz oder Nicht-Scherz, ich wußte nur, daß du eines solchen Titels würdig bist. Aber lassen wir diesen Disput heute abend. Nur noch eines möchte ich dir sagen: nun bist du mir vor aller Welt standesgemäß, hast keinen Grund mehr, die Eheschließung mit mir zu verweigern."

Veronica schüttelte den Kopf.

„Nein, nun gibt es keinen Grund mehr."

Kapitel 21: Wie aus der Reichsgräfin von Prachatitz auch noch die Reichsgräfin von Lichterau wurde

Gegen Mitternacht begaben sich Veronica und Peter zu ihren Gemächern.

„Kommst du zu mir oder soll ich zu dir kommen ?" Veronica lächelte spitzbübisch.

„Dein Wunsch soll erfüllt werden", lautete die Antwort.

„Gut, dann komme zu mir. Ich hoffe, du hast nicht zu viel getrunken."

„An solch einem Tag betrinkt man sich nicht."

Und so kamen sie in dieser Nacht zum ersten Mal wirklich zusammen. Voller Glückseligkeit erwachten sie am nächsten Morgen, wissend, daß sie nun bis zum Tod vereint waren.

Peter lächelte.

„Nun sind wir nicht nur eine Seele, sondern auch ein Fleisch."

„Das hast du gut gesagt. Die Pfaffen sind schon seltsame Wesen. Sie geißeln die Fleischeslust und reden dennoch nur von Fleisch. Aber für uns spielt das keine Rolle. Wir sind nun in der Tat nicht nur ein Fleisch, sondern auch eine Seele. Und letzteres zählt mehr. Dennoch, wir sollten vor aller Welt bekunden, daß wir zusammengehören."

„Das ist richtig. Ich möchte dich heiraten, wenn möglich noch heute."

Veronica schmunzelte.

„Nein, nein, so schnell muß es nun doch nicht gehen. Ich habe einen Wunsch, ich verlange aber nicht sehr viel von dir."

„Nun, was ist es denn ?"

„Ich werde nun unverzüglich meine Grafschaft aufsuchen. Meine Untertanen sollen ihre Herrin kennenlernen. Und dann muß ich eine Verwaltung aufbauen, Amtmänner, Vögte berufen, Dienerinnen und Diener einstellen. Ich werde daher morgen mit den böhmischen Herren sprechen, sie ersuchen, mir geeignete Männer vorzuschlagen. Und du, komme bitte nach, sobald es deine Geschäfte erlauben. Denn es ist mein Wunsch, daß unsere Trauung in der Kirche von Prachatitz vollzogen wird. Dies soll ein Zeichen der Verbundenheit mit der Grafschaft sein."

Peter küßte sie.

„Dein Wunsch sei dir erfüllt."

„Es sollen aber nur unsere ehrlichen Freunde zu unserer Hochzeit eingeladen werden. Für die meisten bin ich doch noch immer die Hure Courasche. Sie würden die Einladung zwar aus Pflichtgefühl annehmen, der Feier aber nur mit säuerlicher Miene beiwohnen. Das würde mir die Freude an dem Tag verderben."

Zur Hochzeitszeremonie sechs Wochen später kamen nur wenige, einige böhmische Adelige, darunter Stefan von Budweis, der ihr väterlicher Freund wurde und ihr in Fragen hinsichtlich der Verwaltung der Grafschaft stets mit Rat und Tat zur Seite stand. Der Kaiser reiste an, ebenso wie der Erzbischof von Mainz und auch Heinrich von Liebau. Am Festmahl nahmen daher nur wenige teil, allerdings war alles Volk zur Feier geladen und in den Straßen und auf dem Marktplatz wurden zahlreiche Tafeln aufgestellt, an denen die Untertanen speisen und trinken konnten.
Am Abend begaben sich die Brautleute unter das Volk, Glückwünsche wurden ausgesprochen, Geschenke überreicht, Musikanten spielten auf.
Man war froher Stimmung, glücklich. Erst lange nach Mitternacht begab man sich zur Ruhe.

Nachwort

Die 'Courage' aus Hans Jakob Christoffel von Grimmelshausens Roman 'Lebensbeschreibung der Erzbetrügerin und Landstörzerin Courage' ist für mich die faszinierendste Frauenfigur in der deutschen Literatur.

Die Jungfrau Libuschka wird als junges Mädchen in eine grausame Männerwelt geworfen, in der sie überleben muß. Es bleibt ihr nur die Wahl unterzugehen oder sich in diese Welt einzuleben. Und sie geht den letzteren Weg, sie schafft es zu bestehen, nicht als Zierrat oder Anhängsel eine Mannes, sondern als eigenständige Frau, die sich ihre Männer selbst aussucht. Sie findet allerdings keinen, der ihr ebenbürtig ist, mit dem sie die Zukunft, sofern es in jener Zeit überhaupt eine Zukunft gab, gestalten kann, sondern nur Kerle, die ihr an Verstand und Tüchtigkeit weit unterlegen sind. Das ist ihre Tragik, zieht sie allmählich nach unten.
Trotzdem, sie ist eine Frau, die bei aller geschilderten Liederlichkeit durchweg sympathisch erscheint. Mögen sich moralische Kleingeister an ihrem ausschweifenden Sexualleben auch stören. Was soll's ?

Der vorliegende Roman stellt den Versuch dar, einen anderen Weg zu zeichnen, nicht einen, der ins endgültige Abseits führt, sondern in das Zentrum der Gesellschaft.

Mit dem Reichsgrafen von Lichterau und dem Erzbischof von Mainz trifft sie zum ersten Mal auf Männer, die nicht auf ihre Schönheit, ihren Körper oder ihr Geld aus sind, sondern von ihrer Klugheit, ihrem Geist, ihrer Bildung angetan sind und sie als Menschen wertschätzen.
Die bisherigen schlechten Erfahrungen, die sie in ihrem Leben gemacht hat, geben ihr allerdings noch keine neue Perspektive, veranlassen sie noch nicht zu einer Änderung ihres Wesens und ihrer Lebensweise, beeinflussen jedoch ihr Denken.
Sie beginnt allerdings, die Welt mit anderen Augen zu sehen, nimmt zum ersten Mal das Leid und das Elend wahr, das der Krieg gebracht hat, während sie ihn bisher stets als Möglichkeit betrachtete um Gewinn zu machen und ihre wüsten Triebe auszuleben.

137

Sie war bisher nur auf Kämpfen, Beute machen und auf die Befriedigung ihrer sexuellen Lust aus. Ihr bisheriges Weltbild erleidet nun einen Knacks. Doch ist ein längerer Denkprozeß notwendig um die Entscheidung zur Rückkehr in die Gesellschaft zu fällen. Ihr stehen zwei Wege offen: als Inhaberin einer Schneiderei in Erfurt oder als Geheimschreiberin und Beraterin des Reichsgrafen. Sie wählt den zweiten Weg, da er ihr die Möglichkeit bietet, nach dem langen und verheerenden Krieg zu Frieden und Versöhnung beizutragen.

Da es sich um eine Variation des Romans von Grimmelshausen handelt, sind in der vorliegenden Erzählung notwendigerweise einige Begebenheiten aus ihrem Leben von Grimmelshausen übernommen, allerdings nur kurz skizziert, da der vorliegende Roman keine Nacherzählung sein soll.

Die Handlung beginnt mit der Verurteilug in Frankfurt, welche ihr Gegenstück in der Verhaftung und Verurteilung in einer ungenannten Reichsstadt – vermutlich Offenburg – hat, nachdem sie bei einem Schäferstündchen mit einem 'alten Lüstling' in flagranti erwischt und die Begebenheit danach Stadtgespräch wurde. Die nachfolgende Ausweisung aus der Stadt und die Einziehung ihres gesamten Vermögens, markieren bei Grimmelshausen den endgültigen Abstieg nach unten, während die Geschehnisse in Frankfurt hier zum Ausgangspunkt eines Weges nach oben werden.

In dieser Erzählung wird die Courasche (Courage) als kluge, gebildete, tatkräftige Frau dargestellt, was der Figur Grimmelshausens trotz der abwertenden Bezeichnung 'Erzbetrügerin und Landstörzerin' im Titel des Romans, doch recht nahe kommt. Sie ist nicht die Schacherin Brechts, die nur an ihr Geschäft denkt und letztlich selbst Opfer des Krieges wird, auch wenn sie überlebt. Auch habe ich sie nicht als die eher primitive Wirtin dargestellt, wie es Grass in 'Das Treffen in Telgte' tat.

Die Schreibweise 'Courasche' habe ich gewählt um die Doppeldeutigkeit des Namens besser hervorzuheben.

Ich habe mir die Freiheit genommen, die Zeitumstände etwas zu verändern. Der Dreißigjährige Krieg wurde auf siebzehn Jahre verkürzt,

138

der Kriegsverlauf verändert, die Friedensverhandlungen nach Frankfurt verlegt, und die Friedensbeschlüsse so formuliert, wie sie hätten sein sollen und nicht wie sie waren. Historiker mögen mir verzeihen; wenn nicht, dann ist mir das auch gleichgültig.

Die Courasche (Courage) heißt in diesem Werk auch nicht 'Libuschka' sondern 'Veronica', einfach, weil mir dieser Name besser gefällt. Sie ist auch nicht blond wie bei Grimmelshausen, was aber nicht bedeutet, daß ich gegenüber Blondinen die üblichen Vorurteile hinsichtlich ihres Verstandes teile. Eventuelle derartige Unterstellungen muß ich aufs schärfste zurückweisen.